El cuervo y otros poemas

Edgar Allan Poe

Plutón
Ediciones

COLECCIÓN
MISTERIO

El cuervo y
otros poemas

Edgar Allan Poe

TRADUCCIÓN: BENJAMIN BRIGGENT

© Plutón Ediciones X, s. l., 2025

Segunda Edición: 2026

Diseño de cubierta: Alejandro Díaz
Maquetación: Saul Rojas

Edita: Plutón Ediciones X, s. l.,

           E-mail: contacto@plutonediciones.com
           http://www.plutonediciones.com

I.S.B.N: 978-84-10233-84-3
Depósito Legal: B-23381-2024

Impreso en España / Printed in Spain

ESTUDIO PRELIMINAR

Edgar Allan Poe nació en Boston, Massachusetts, en 1809. Su padre los abandonó a él y a su madre cuando contaba con tan solo un año de edad, y, desgraciadamente, su madre fallecería al año siguiente y él quedaría bajo el cuidado de la familia Allan, radicada en Richmond, Virginia, y, aunque no llegaron a adoptarlo formalmente, sí recibió su apellido. Su infancia fue algo complicada debido a la relación que tenía con su padre adoptivo, John Allan, quien contaba con una personalidad bastante intransigente. Aun así, Edgar recibiría la mejor educación posible, asistiendo a colegios privados tanto en Estados Unidos como en el Reino Unido. Tras regresar a casa, años más tarde, comenzó con sus estudios en la Universidad de Virginia en 1826, pero, tras solo un año, hubo de dejarlos por sus graves problemas de conducta y varias deudas que contrajo como estudiante.

Para entonces ya había comenzado a escribir en periódicos y publicaciones variadas para ganar algo de dinero, pero acabó alistándose en el ejercito con una identidad falsa por sus terribles decisiones económicas.

En 1827 se publicaría su primer libro de poemas, que pasó inadvertido tanto por el público como por la crítica. Tras pasar un par de años en el servicio miliar, decidió revelar la circunstancia de su alistamiento a su comandante para obtener la baja. Su superior, no obstante, le impuso como condición que se reconciliara con su padre adoptivo, lo que logró en 1829, tras el fallecimiento de su madre adoptiva.

Ese mismo año pasó un tiempo en Baltimore, con su abuela Elizabeth Cairnes Poe, su tía María Clemm, su hermano Henry y su prima Virginia Clemm, que acabaría convirtiéndose en su esposa. En 1830 publicaría otro libro de poemas y regresaría a la academia militar de West Point para proseguir con su carrera. Pero, de nuevo, su vida personal se convirtió en un obstáculo para lograr el éxito. Apenas seis meses después rompe del todo su relación con John Allan y acaba expulsado de West Point por su terrible comportamiento. Gracias a la ayuda económica de sus amigos de la academia, consigue publicar otro libro de poemas en Nueva York.

En 1831 regresa a Baltimore por la muerte de su hermano, Henry. Es entonces cuando empieza a dedicarse más profundamente a la prosa, llegando a publicar varios relatos e, incluso, ganando un pequeño premio literario.

En 1835 empezó a trabajar en el Southern Literary Messenger, de Richmond, Virginia, donde publicó varias historias, poemas y críticas. Ya con cierta estabilidad económica, se casó con su prima Virgina, que contaba tan solo con trece años de edad, y dos años más tarde, publicó su primera novela *La Narrativa de Arthur Gordon Pym*, que tuvo un buen recibimiento. Trabajó en varios puestos diferentes para periódicos literarios de Nueva York y Philadelphia, donde seguiría publicando y ganándose una fama como crítico literario. En 1839, se publicó un recopilatorio con algunos de sus relatos y obtuvo críticas favorables.

En 1845 llegaría el poema *El cuervo,* publicado en Nueva York, y con él obtendría una fama instantánea que lo encaminaría a meterse de lleno en escribir, sin embargo, su esposa acabaría falleciendo apenas dos años después de tuberculosis, dejando a Edgar sumido en un pozo de autodestrucción del que no llegaría a salir hasta su fallecimiento, en 1849, en circunstancias ciertamente misteriosas.

Su legado, sin embargo, es fuente de inspiración para autores posteriores, y ha logrado alcanzar un éxito rotundo a nivel mundial gracias a su particular manera de tratar los géneros que tocaba: terror, humor, tragedia... Fue el creador del género detectivesco gracias a su personaje C. Auguste Dupin, y también pionero del relato corto como forma valorada por la crítica. Su increíble fascinación por la muerte y lo inexplicable es un constante en casi toda su obra, lo que ayudó a crear una imagen de autor maldito, desesperado y al borde del abismo. Esto, posiblemente, se debe a que su vida fue duramente marcada por la tragedia y esto se palpa en sus escritos.

En este volumen hemos incluido una selección variada de su poesía, entre la que, por supuesto, destaca *El cuervo.*

El cuervo

En un silente recodo de la noche, mientras exhausto y
    fatigado meditaba
sobre oscuros y misteriosos libros de saberes antiguos
    y ya olvidados,
mientras luchaba contra el sueño que me invadía, de
    repente resonaron unos golpes,
como si alguien estuviera golpeando, golpeando la
    puerta de mi habitación.
"Debe ser un visitante", murmuré, "golpeando la
    puerta de mi habitación,
nada más que eso y nada más".

¡Oh, cómo perdura en mi mente el recuerdo de aquel
    frío diciembre,
cuando cada brasa agonizante proyectaba su espectro
    en el suelo.
Yo ansiaba desesperadamente el amanecer; en vano
    había intentado

en mis libros hallar consuelo a mi pesar, mi pesar por
la partida de Lenora,
por la excepcional y brillante joven conocida entre los
ángeles como Lenora,
aquí, sin título, nunca más.

Y el suave y melancólico murmullo de las cortinas de
color púrpura me estremeció,
me llenó de misteriosos temores que jamás había sentido antes;
así que para calmar los latidos de mi corazón, me le-
vanté murmurando:
"Debe ser algún forastero que solicita entrada en la
puerta de mi cuarto,
algún viajero rezagado que pide paso en la puerta de
mi cuarto;
solo eso y nada más".

Mi espíritu se fortaleció al instante; y sin vacilar más
me atreví a decir:
"Señor o señora, les pido disculpas sinceramente,
pero estaba medio dormido cuando me llamaron con
tal suavidad,
tan suavemente tocaron a la puerta de mi habitación,
que apenas si les escuché".
Con esto, abrí la puerta completamente; solo había
oscuridad y nada más.

Miré fijamente en esa oscuridad, preguntando, te-
    miendo, dudando,
soñando sueños que no eran mortales,
que nunca me había atrevido a soñar antes; pero no se
    alteró el silencio,
ni la calma mostró signos de perturbación,
y la única palabra pronunciada fue:
"¿Lenora?" susurré, eso dije, y un eco murmuró en
    respuesta la palabra:
"¡Lenora!", solo eso y nada más.

De regreso en mi habitación, con el fuego ardiente en
    mi ser,
escuché de nuevo golpes incluso más enérgicos que
    antes.
"Seguramente", pensé, "algo está junto a la persiana
    de la ventana;
vamos a investigar este enigma; tranquiliza tu corazón
    por un momento;
vamos a explorar este misterio;
es el viento y nada más".
Abrí la ventana y entonces, con mucho aleteo y albo-
    roto,
se posó un magnífico cuervo de los días tan venerados
    de antaño,
no mostró reverencia alguna; no se detuvo ni dudó un
    instante,
sino que, con su porte majestuoso,

se situó sobre la puerta de mi habitación,
se situó en un busto de Palas[1] justo sobre la puerta de
mi habitación,
se acomodó y nada más.

De repente, aquel cuervo oscuro cautivó mi mente
melancólica,
provocando una sonrisa por su grave y seria apariencia.
"Aunque tu plumaje sea oscuro y sombrío", le dije,
"sabes bien que no eres un cobarde; ave ancestral y
misteriosa
que vagabundea desde la costa nocturna, ¿cuál es tu
nombre en la oscuridad
de la noche profunda?", pregunté.
Y el cuervo respondió: "Nunca más".

Me sorprendió escuchar a esa sencilla ave hablar tan
claramente,
aunque sus palabras parecieran vacías de sentido, sin
ninguna relevancia;
pues es innegable que nunca nadie ha sido testigo

---

1   En la mitología griega, esta palabra puede tener dos acep-
ciones: la primera, Palas o Pálade era una compañera de juegos
de la diosa Atenea. Aparece únicamente en leyendas tardías para
diferenciarla del epíteto ritual de Palas Atenea. Y este sería la segunda acepción, la diosa de la guerra, Atenea, es conocida con
el epíteto "Palas Atenea" —aparece representada con una lanza y
un escudo— y puede que provenga de la palabra griega "pallos",
que significa blandir, es decir que Atenea sería "la que blande" el
escudo o la lanza.

de ver un pájaro posado sobre la puerta de su cuarto,
o sobre cualquier otra cosa, como encima de un busto
tallado
sobre la puerta de su habitación, con un nombre como
"Nunca más".

Mas el cuervo, en reposo solitario sobre el sosegado
busto,
pronunció solo esas dos palabras, como si derramara
su ser en ellas.
Nada más dijo después, ni movió una pluma más,
hasta que yo murmuré en respuesta:
"Otros amigos se han ido antes; al amanecer él también se irá,
como mis esperanzas se han desvanecido ya antes".
Entonces el ave me dijo: "Nunca más".

Sorprendido al escuchar una respuesta tan precisa,
"sin duda —pensé— lo que dice es simplemente un
refrán
tomado de algún desafortunado poeta al que
la desgracia implacable ha perseguido de cerca
hasta que sus canciones solo tienen un estribillo,
hasta que las lamentaciones de su esperanza
repiten ese melancólico estribillo de "'nunca, nunca
más'".

Sin embargo, el cuervo continuaba cautivando mi
imaginación y sacándome una sonrisa;

traje un sofá mullido con almohadones frente al ave,
   el busto y la puerta;
entonces, hundiéndome en el suave terciopelo, me en-
   tregué a tejer
una fantasía tras otra, reflexionando sobre qué podría
   significar
este ominoso pájaro de tiempos lejanos, este tétrico,
desgarbado, fantasmal, sombrío y odioso pájaro de
   tiempos lejanos,
al croar "Nunca más".

Por ende, me sumí en la contemplación silenciosa, sin
   emitir ni una sola palabra,
observando cómo los ojos fieros del ave brillaban también dentro de mi ser;
me esforcé por descifrar todo eso y más, mientras mi
   cabeza reposaba cómodamente
sobre los suaves cojines de terciopelo,
iluminados por la lámpara cuya luz se reflejaba en
   ellos,
pero el terciopelo violeta, con la luz de la lámpara
que se reflejaba, ¡ella nunca más la presionará, ah,
   nunca más!
Y entonces, parece, el aire se volvió más denso,
impregnado por un incienso invisible que se despla-
   zaba,
mientras los pasos de un serafín resonaban en el suelo
   acolchado.

"¡Pobre de ti! —exclamé—, tu Dios te ha concedido
    un respiro,
a través de estos ángeles te ha concedido un respiro y
te ha otorgado un filtro para tus recuerdos de Lenora;
¡concluye, oh, concluye este dulce filtro y olvídate de
    esa desaparecida Lenora!"
El cuervo respondió: "Nunca más".

"¡Profeta! —exclamé—, ¡ser oscuro! ¡Profeta en todo
    caso, seas alado o demonio!
No te envió el tentador, o si la tormenta te arrastró
    aquí
a esta costa desierta pero valiente, en esta tierra deso-
    lada pero encantada,
en este hogar asediado por el terror, dime sincera-
    mente, te ruego,
¿hay remedio, hay remedio en Galaad²? ¡Dime, dime,
    te lo ruego!".
Y el cuervo dijo: "Nunca más".

"¡Oh, profeta!" exclamé, "seas mensajero del mal o del
    destino,
bajo el vasto cielo que nos cubre, ante el Dios que
    ambos honramos,

---

2 Galaad, en hebreo, *monte del testimonio* o *monte de la alianza*,
es un nombre que aparece citado en el Antiguo Testamento. Hace
referencia a puntos geográficos, personajes y ciertos nombres de
tribus. Aparece mencionada por primera vez en el Génesis.

permite que esta alma cargada de penas descubra si en el Edén lejano
se unirá a una virgen santa a la que los ángeles llaman Lenora,
si se unirá a una rara y luminosa virgen a la que los ángeles llaman Lenora".
El cuervo respondió: "Nunca más".

"Que esta palabra sea nuestro adiós, pájaro o adversario",
grité levantándome de un salto,
"regresa a la tormenta, a la costa oscura de la noche eterna!
¡No dejes una sola pluma como evidencia de tu engañosa alma!
¡Deja intacta mi soledad! ¡Despoja el busto de mi puerta!
¡Retira tu pico de mi corazón y llévate contigo tu forma!"
El cuervo repitió: "Nunca más".

El cuervo, fiel testigo que nunca se fue, aún reposa
en el busto de Palas, donde el cuervo se posa;
sus ojos, tan parecidos a los del demonio, parecen soñar,
mientras que la lámpara que está sobre él
crea su sombra en el suelo. Y mi alma,
atrapada por esa sombra que se extiende por el suelo,
¡no se elevará nunca más!

¡OH, TIEMPOS! ¡OH, COSTUMBRES![3]

¡Oh, tiempos! ¡Oh, costumbres!
Yo creo que tristemente están cambiando sus propie-
    dades;
es decir, el reino de los modos y los ademanes hace
    mucho que terminó,
ya que los hombres no tienen ninguna o solo la tienen
    de mala gana;
y en cuanto a los tiempos, es cierto que algunos mur-
    muran
que aquellos "buenos viejos tiempos"
en realidad fueron los peores de todos
—y yo acepto esta ideología por completo—,
sigo pensando que estos tiempos son peores que los
    anteriores.

3   Esta expresión proviene de la locución latina o tempora, o
mores, utilizada por Marco Tulio Cicerón en su primera Catili-
naria. Hoy en día la frase se emplea en un tono jocoso para seña-
lar y criticar los usos y las costumbres de los tiempos presentes,
recordando con añoranza el pasado, aquella época de las buenas
costumbres.

He estado reflexionando —¿se dice así, acaso?
me gustan sus palabras gringas y también sus formas
    de ser tan gringas—
he estado reflexionando si lo mejor sería
tomarse las cosas en serio o tomarlas a broma:
si, como el severo y riguroso Heráclito de antes,
llorar tal y como él hizo, hasta que arden los ojos,
o bien reír como aquel bizarro filósofo,
Demócrito de Tracia, que solía pasar
la página de la vida y sonreír a los dobleces
como si les estuviera diciendo:
"¡Bueno! Pero ¿a quién diantres le importa?".

¡Esta es una cuestión que, oh, cielos,
apartó de un manotazo un miembro de la duda des-
    graciada!
En vez de tener dos caras, Job tiene casi ocho
y cada una daría lugar a cuatro horas de continuo de-
    bate.
¿Qué hacer? Yo lo dejaré sobre la mesa
y abordaré el asunto más adelante, cuando sea más
    capaz;
y mientras tanto, para evitar cualquier incomodidad,
no pienso ni reír con uno ni llorar con el otro,
ni regalaré halagos ni grotescos insultos,
por el contrario, tomando a uno de la mano, simple-
    mente voy a gruñir.

¡Ah, amigo mío, estás gruñendo! —dices tú—, y, te lo
   imploro, ¿por qué?
Pues, señor, lo que pasa es que realmente casi se me
   ha olvidado,
pero, maldición, señor, considero un infortunio
que cada día nos miren directo a la cara
y se vanaglorien por las calles haciendo reverencias y
   saludos unas criaturas
que ya desearían ser hombres parodiando a los monos.
Te pido disculpas, lector, por esta promesa
que me obligan a hacer los monos, aunque la cumplo
   un tanto reticente;
estoy acostumbrado a ser minucioso y pulcro con mi
   estilo,
pero, te lo pido, ten un poco más de paciencia; un
   ratito más
me cambiará y, tal y como hacen los políticos,
voy a corregir mis modos y también mis medidas.

De todas las ciudades que he visitado —y no he visto
   pocas,
ya que he viajado, amigo, tanto o más que tú—
no recuerdo ni una sola, lo juro,
lo que hago es recogerlas como un conjunto
(como suelen decir aquellos del cómo les gusta que se
   tome su lógica,
pues, al estar separados, puede ser que tiemble),

y no recuerdo, entonces, ninguna

que sea tan amena, precisa y ampliamente adecuada

como esta para un hombre escrupuloso, vivaz y hor-
tera;

puede que aquí tu corazón se maraville de alegría,

se revuelva como un pez en el agua,

libere y sacuda los cabellos rizados de su pálida frente,

y salte por encima de los mostradores como si fuera
Vestris[4],

terminando por la noche lo que empezaste por la mañana,

y, después de engañar a las señoritas, bailes con ellas
en algún baile,

¡y qué belleza podría escapar de la dulce mano que le
vendió la cinta,

quién sería tan frívola y tan insensible como para re-
chazar al joven

que ha cortado la cinta para sus zapatos!

A uno de estos tipos, *par excellence* el presumido

—¡Dios mío, ayúdame!—, he podido conocer por
obra del destino, al menos de vista,

ya que soy un hombre un poco tímido y siempre me
aguanto las ganas de reírme,

bueno, cuando puedo; pero si le hablas hará unas mo-
risquetas y muecas de tal nivel

¡Dios! que estar serio supera cualquier disposición del
rostro.

4   Auguste Vestris (1760-1842) fue un bailarín de ballet francés.

Todas las señoritas depositan en él su corazón, todos
    sus ojitos brillantes,
en su ala Tom y Jerry, y en su traje de cola de paloma,
    comprado al coste,
y los ojos de ellas no se posarán en otra cosa que se
    parezca a un hombre.

Su propia voz es un deleite sonoro,
su porte, cuando se le contempla, se vuelve parte de la
    vista en general,
el cuello de su camisa, cómo luce y la tonalidad es el
    "bello ideal" ideado para Adonis.
Continuamente los filósofos han discutido sobre el
    origen
entre el pensamiento del hombre y del bruto:
mientras que la capacidad de racionalizar va de la
    mano con este,
mi amigo el presumido ha decidido zanjar el asunto y,
aunque hay dogmas que se mantienen vigentes en
    cualquier época,
un asunto zanjado es mucho mejor que diez filósofos
    juntos.

Él cree, entonces, aunque yo difícilmente puedo decir
    exactamente en qué cree.
¡Ah, claro! En sus pies y tobillos delicados y esbeltos,
ahí es donde él encuentra el asidero de la razón;
un filósofo sacudirá la cabeza pero él, sin lugar a duda,
terminará sacudiendo el pie.

A mí, por venganza, tendrían que sacudirme ese pie
—otra prueba de pensamiento, no me confundo—
porque frente a sus ojos de gato pongo un cristal
y le fuerzo a contemplarse a sí mismo, ¡un auténtico
 burro!
Estoy convencido de que aceptará esta similitud consigo mismo,
pero si no llega a hacerlo, que en realidad debería hacerlo,
ya que es un elfo idiota y,
para que el presentimiento no le genere ataques al
 muy necio,
decido culminar este retrato con el nombre de PITTS[5].

---

5   PITTS: expresión propia del *slang* americano, haciendo referencia a un lugar o situación muy desagradable, aburrida y depre-
siva: algo que es absolutamente lo peor.

TAMERLÁN[6]

¡Qué buen consuelo en un momento final!
Este tema, padre, no es, por ahora, el mío.
No voy a juzgar con necedad que algún poder terrenal
    pueda eximirme de los pecados
con los que mi orgullo sobrehumano ha disfrutado;
no tengo tiempo para ensoñaciones ni tonterías.
A ese fuego vivo del fuego le llamas esperanza, pero
    realmente solo es la aflicción del deseo.
Si yo pudiera albergar esperanza alguna —¡Oh, Dios,
    sí que puedo!— sería más divina,
más sagrado su origen, y no te llamaría estúpido, viejo;
pero esa no es una de tus habilidades.

Debes conocer el secreto de un alma que
por su orgullo desbordado ha caído en la vergüenza.
¡Corazón deseante!

6 Tamerlán (1336-1405) fue un conquistador, político y líder militar turcomongol. El último de los grandes conquistadores nómadas de Asia Central. Fundó el imperio timúrida.

Con la fama yo también heredé tu signo consumidor,
la popularidad abrasadora que ha resplandecido
allí en medio de las gemas de mi trono,
¡resplandor del infierno! Y con un dolor
que el abismo no me hará temer otra vez.
¡Oh, corazón inquieto por las flores perdidas
y por el resplandor del sol en mis horas veraniegas!
La voz inacabable de aquel tiempo ya decrépito, con
    su susurro interminable,
suena en el alma de un conjuro, sobre tu simpleza:
    una canción de muertos.
No siempre he sido tal y como soy ahora: la corona
    ardiente que llevo en la frente
la reclamé y la gané a través del robo.
¿Acaso no fue la misma rabiosa herencia que le dejó
    Roma al César,
la que me entregó esta corona a mí?
La sucesión de una mente soberbia y de un alma or-
    gullosa
que ha peleado victoriosamente con la especie hu-
    mana.

Mi vida inició en el suelo montañoso: las neblinas del
    Tangay desbordaron
cada noche su rocío sobre mi cabeza y, me parece, que
    también la discordia con alas
y la confusión del viento apresurado,
crearon un nido entre mis cabellos.

El rocío cayó del cielo a una hora tardía,
(en medio de los sueños de una noche terrible)
cayó sobre mí con la impronta del infierno
mientras que el destello de la luz roja
que se cernía en lo alto en medio de las nubes que se
    asemejan a banderillas,
ante mis ojos entornados parecían
todo el lujo de la monarquía,
y el terrible sonido de trompeta que emitía el trueno
me llegó con velocidad, contándome
sobre la batalla humana en donde mi voz
—¡mi propia voz, oh, inepta criatura!— se hinchaba
—¡cómo se alegraba mi alma
y vibraba en mi interior con aquel grito!—
el grito de batalla de ¡victoria!

La lluvia cayó sobre mi cabeza al descubierto,
y el viento enloquecido me envolvió, mudo y sordo.
Pensé que era el hombre quien vertía
galardones sobre mí; mientras una ráfaga,
un flujo de aire helado,
susurraba en mi oído el derrumbe
de los reinos, la súplica del cautivo,
el murmullo de los pretendientes, y el tono
de adulación en torno al trono del soberano.

Mis pasiones, desde aquella hora sin ventura,

tomaron una tiranía que los hombres
han juzgado, desde que alcancé el poder,
como parte de mi naturaleza; así sea,
pero, padre, hubo alguien entonces,
en mi niñez, cuando el fuego de ellas
ardía con aún mayor intensidad
(pues la pasión ha de extinguirse con la juventud),
incluso entonces supe que este corazón de hierro
compartía algo de la debilidad femenina.

¡Ay! No tengo palabras para expresar
los encantos que el amor posee,
ni intentaré ahora describir
más allá de la belleza de un rostro
cuyos rasgos, en mi mente,
son sombras en el viento cambiante.
Así es como recuerdo haberme sumergido en las pá-
    ginas
de alguna antigua tradición con ojos vagos,
hasta que sentí que las letras, con su significado,
se desvanecían en fantasías que nadie posee.

¡Oh, ella era merecedora de todo el amor!
El amor, como lo fue en mi niñez, era tal
que un ángel en lo alto podía envidiar su pureza;
su joven corazón, el altar donde toda mi esperanza
y mi pensamiento eran incienso, un don espléndido,
pues eran ingenuos y virtuosos, como su juvenil ejem-
    plo enseñaba.

¿Por qué me alejé de él y, desorientado,
confié en el fuego interno, en busca de la luz?

Crecimos juntos en edad y amor
errantes por bosques y desiertos;
mi pecho fue su abrigo en el invierno, y
cuando brillaba la cálida luz del sol y señalaba los cie-
    los que se abrían,
no veía más cielo que el reflejado en sus ojos.

La primera lección del amor joven es la del corazón,
pues entre el sol y esas sonrisas, cuando,
lejos de nuestras leves inquietudes, y riéndome de sus
    artimañas de doncella,
me acurrucaba en su pecho palpitante y liberaba en
    lágrimas mi espíritu,
no hacía falta decir más; no había necesidad de calmar
    temores en ella,
que no cuestionaba el motivo, y me devolvía una mi-
    rada serena.

Aun siendo merecedora del amor
que mi espíritu batallaba y luchaba por sostener
cuando, solo en la cima de la montaña,
la ambición le daba un nuevo matiz,
mi existencia estaba totalmente ligada a ti:
el mundo y todo lo que contenía,
en tierra, aire y mar,

su alegría, su toque de tristeza,
que era un nuevo placer, el ideal,
las estériles vanidades de los sueños nocturnos
y las aún más vagas trivialidades que eran reales
(¡sombras, y una luz aún más oscura!)
se desvanecieron, batiendo sus alas de neblina,
y así, confusamente, tu imagen
se convirtió en todo para mí, y un nombre, ¡un nombre!,
dos cosas distintas, aunque estrechamente unidas.

Yo era ambicioso. ¿Has sentido alguna vez, padre, la
    pasión? No, tú no.
Siendo yo un campesino, reclamé un trono sobre la
    mitad del mundo como mío,
y me quejé de tan humilde destino; pero, igual que
    cualquier otro sueño,
como el rocío se desvanece, el mío se desvaneció, y ya
    no me pesa el rayo de la belleza
como antes, cada minuto, cada hora, cada día, mi
    mente con doble fascinación.

Juntos recorrimos la cima de una alta montaña que
    observaba,
lejos de sus altivas torres naturales de roca y bosques,
    hacia las colinas,
¡las humildes colinas! Envueltas en follaje
y resonando con sus mil arroyos.

Yo le hablé del poder y del orgullo,
pero con un aire místico, de tal manera
que quizás ella pensó que eran insignificantes
en comparación con nuestro diálogo en ese momento;
    en sus ojos
leí, quizás demasiado rápido,
un sentimiento mezclado con el mío;
el rubor de sus mejillas brillantes me pareció
que adecuaba más al trono de una reina
que a ser una luz solitaria en el desierto.

Envuelto en grandeza, entonces, me coroné con una
    visión.
No fue que la fantasía
echara su manto sobre mí,
sino que entre la multitud, entre los hombres,
la ambición feroz está atada
y se inclina ante la mano de un guardián;
pero no así en los desiertos, donde lo grandioso,
lo salvaje, lo temible, conspiran
con su propio aliento para avivar su llama.

¡Mira ahora a tu alrededor, Samarcanda![7]
¿No es la reina de la tierra? ¿No está su orgullo sobre
    todas las ciudades?
¿Y no están sus destinos en sus manos? Entre todas,

---

7 Ciudad en Uzbekistán, de unos 2700 años aproximadamente.
Declarada por la UNESCO como patrimonio de la humanidad
en el año 2007.

además de la gloria que el mundo ha conocido,
¿no se alza noblemente y sola?
Cuando caiga su último escalón, formará el pedestal
    de un trono,
¿y quién será su soberano? Timur, aquel que las asom-
    bradas gentes
vieron pisar con orgullo imperios,
¡un bandido coronado!

¡Oh, amor humano, tú, espíritu otorgado en la tierra
de todo lo que esperamos en el cielo, que caes sobre el
    alma como lluvia
en la llanura marchita por el siroco y, si no tienes el
    poder de bendecir,
dejas el corazón como un desierto!
Idea, que atraes la vida hacia ti con música
de tan extraño sonido y belleza de tan feroz linaje,
¡adiós!, pues conquisté la tierra.

Cuando la esperanza, el águila que todo lo domina,
no vio acantilado alguno en el cielo sobre el que al-
    zarse,
plegó sus alas y cayó y volvió sus ojos enternecidos a
    casa.
Era el crepúsculo; cuando se va el sol,
la tristeza del corazón asalta a aquel que aún desea le-
    vantar la vista
a la maravilla del sol veraniego.

Esa alma desprecia la bruma vespertina, tan a menudo
    encantadora,
y escucha el susurro de las sombras que se aproximan
(esas sombras que bien conocen aquellos cuyos espíri-
    tus están atentos),
como quien en la noche de sus sueños anhela escapar
de un peligro cercano, pero no puede.

Y aunque la luna, la pálida luna, vertió toda la gloria
    de su cenit,
su sonrisa es fría, y su resplandor,
en esa hora de oscuridad, parece (tan similar que se
    detiene la respiración)
un retrato pintado tras el último aliento.
Y la niñez es un sol veraniego cuya decadencia es la
    más sombría,
pues lo que vivimos para descubrir ya está descubierto
y lo que tratamos de retener al final se nos escapa.
Que la vida, entonces, como la flor de un día,
se desvanezca con la belleza del mediodía, que lo
    abarca todo.

Llegué a mi hogar, que ya no era hogar, pues ya no
    estaban aquellos que lo hacían tal.
Crucé su puerta musgosa y, aunque mi paso era suave
    y ligero,
de la piedra del umbral brotó una voz, la voz de al-
    guien que una vez conocí.

Oh, infierno, te desafío a que muestres en tus lechos
    de fuego,
un corazón más humilde, una aflicción más profunda.

Padre, creo firmemente, y sé, pues la muerte que me
    busca
desde tierras de bendita lejanía, donde no hay engaño,
ha dejado abierta su puerta de hierro y los rayos de la
    verdad
que tú no puedes ver brillar a través de la eternidad,
creo que Eblis[8] ha preparado una trampa en cada ca-
    mino humano,
¿cómo si no, cuando en el sagrado bosquecillo
me alejé del ídolo, del Amor,
que cada día perfuma sus alas blancas
con incienso de las ofrendas más puras; en el bosque
cuyas ramas graciosas están entrelazadas
en lo alto por los rayos del cielo,
que ninguna partícula ni el menor insecto pueden evitar
el brillo de sus ojos de águila,
cómo fue que la ambición se deslizó
sin ser vista, entre aquellos deleites,
hasta que, volviéndose audaz, rio y saltó
al mismo enredo de cabellos del Amor?

---

8 Puedes que Poe se refiriera a Iblís, que en el islam es el nombre
que recibe el demonio y significa "privado de toda bondad".

EL LAGO

En mis primeros años, mi destino me llevó a visitar
un lugar de este vasto mundo al que yo no podría no
    amar.
Tal era el atractivo de la soledad
de un lago salvaje, rodeado de rocas oscuras,
y los altos pinos que lo rodeaban.

Pero cuando la noche extendía su manto sobre el
    lugar,
igual que sobre el resto de todos los otros lugares,
y el viento misterioso susurraba algunas melodías,
entonces, oh, entonces nacía en mí el temor del lago
    solitario.

Ese temor, sin embargo, no era terror
sino un estremecimiento placentero; un sentimiento
que ni un tesoro de gemas
podría enseñarme a definir o sobornarme para hacerlo,

ni el amor, aunque fuera el tuyo.

La muerte estaba presente en aquellas aguas envene-
   nadas,
y había en su seno una tumba adecuada
para cualquiera que quisiera encontrar deleite en ella
y así poder imaginar en solitario,
y que su alma, también solitaria, pudiese convertir
   aquel lago sombrío en un Edén.

LOS ESPÍRITUS DE LOS MUERTOS

I

Entre sombríos pensamientos, en la fría losa gris, tu
    alma quedará sola;
ningún ojo humano te espiará en tu hora de secreto.

II

Guarda silencio en esa solitud que no es reclusión,
pues entonces los espíritus de los fallecidos que vivie-
    ron antes que tú
vuelven a morir en torno a ti,
y su voluntad te envolverá: así que quédate tranquilo.

III

Aunque clara, la noche caerá
y desde sus tronos celestiales

las estrellas no mirarán hacia abajo
con su luz como una esperanza dada a los mortales;
pero sus rojizos globos, sin brillo,
te parecerán, en tu cansancio,
como llamas y fiebre
que desean aferrarse a ti para siempre.

IV

Habrá pensamientos que no podrás eliminar
y visiones que nunca se desvanecerán
y de tu espíritu nunca se irán,
como el rocío no se va de la hierba.

V

La brisa está en calma —el aliento de lo divino—
y sobre la colina la niebla sombría —oscura, pero ín-
    tegra—
es un símbolo y una señal:
¡cómo se extiende sobre los árboles, misterio tras mis-
    terio!

Sueños

¡Oh, si mi juventud pudiera ser un sueño eterno,
sin que mi espíritu despertara hasta que el rayo de una
    eternidad trajera el amanecer!
¡Sí! Aunque ese largo sueño estuviera lleno de aflicción
    sin esperanza,
sería mejor que la realidad fría de la vida despierta
para aquel cuyo corazón debe ser, y siempre ha sido,
un caos de intensa pasión desde su nacimiento.
Pero si este sueño que perpetuamente continúa fuera
como lo fueron los sueños para mí en mi niñez,
si se me concediera eso, sería insensato esperar un
    cielo más alto.
Pues disfruté cuando el sol brillaba
en el cielo estival, con sueños de luz y belleza vivas
y dejé mi propio corazón
en climas que había imaginado, lejos
de mi hogar, con seres que eran
de mi propia creación: ¿qué más podría haber deseado?

Fue una vez, una sola vez, y esa hora delirante de mi
    recuerdo no se desvanecerá;
algún poder o encanto me ató: fue el viento frío que
    llegó a mí en la noche
y dejó su impresión en mi espíritu; o la luna que brilló
    en mis sueños,
en su cenit sublime, con un frío excesivo; o las estre-
    llas; fuera lo que fuera,
ese sueño fue como este viento nocturno: que pase.
He sido feliz, aunque únicamente en un sueño.
He sido feliz, y me encanta este tema: ¡los sueños!
En su auténtica imitación de la vida,
como en esa fugaz, vaga y confusa lucha entre la apa-
    riencia y la realidad
que ocasiona que los ojos que alucinan vean más pre-
    ciosuras de paraíso y de amor,
¡y todas nuestras!
que todas las que la joven esperanza conoció en su
    hora más radiante.

ESTANCIAS

Cuán a menudo olvidamos el tiempo cuando, solitarios,
admirando el trono universal de la Naturaleza,
sus bosques, sus selvas, sus montañas, la intensa
respuesta de la suya a nuestra inteligencia.

BYRON, *LA ISLA*

I

Cuando yo era más joven, me encontré con alguien
   con quien la Tierra
en íntima comunión, así como él en comunión con ella,
en la luz del día, y en belleza desde su nacimiento:
cuya ardiente y resplandeciente llama de vida fue en-
   cendida.
Del sol y las estrellas, de donde había extraído
una luz apasionada —y así era adecuada para su espíritu—
y no obstante, ese espíritu no sabía, en el momento
de su propio misticismo, cuánto poder tenía sobre él.

II

Quizás mi mente esté inflamada
por una pasión generada por el rayo de luna que
    cuelga,
pero creeré a medias que esa luz salvaje imbuida
con más autoridad que la antigua creencia
nunca ha expresado —o acaso es parte de un pensa-
    miento—
la esencia inmaterial, y nada más,
que con un encantamiento vivificante transita sobre
    nosotros
como el sereno de la noche sobre el césped del verano.

III

Nos atraviesa cuando, como el ojo se expande
hacia lo amado, así la lágrima al párpado
que antes yacía en completo letargo.
Y no obstante, no tiene por qué ser (ese objeto)
oculto de nosotros en la vida, pero común, que per-
    manece
cada hora ante nosotros, y entonces solo, lucha
con un sonido extraño, como el de una cuerda de arpa
    rota,
para estimularnos. Es un símbolo y al mismo tiempo
    una señal.

IV

De todo lo que será en otros universos
en belleza por nuestro Dios, solo a aquellos
que de otra manera caerían de la vida y del cielo
atraídos por el delirio de sus corazones, y ese sonido,
ese alto sonido del espíritu que ha atrevido,
aunque no con fe, pero con piedad, y cuyo trono
con desesperada energía ha demolido,
llevando como diadema su propio sentir profundo.

El día más feliz, la hora más feliz

El día más radiante, la hora más radiante que mi seco
    y mustio corazón experimentó,
la más grande aspiración de soberbia y dominio, siento
    que se ha esfumado.

¡De dominio! ¿Lo dije? ¡Sí! Así lo percibo,
pero hace mucho tiempo ¡ay! que se han desvanecido;
fueron quimeras de mi juventud, pero que se desva-
    nezcan.

Y, soberbia, ¿qué relación tengo ahora contigo?
Otra mente quizás herede el veneno que tú has infun-
    dido en mí;
¡espíritu, calma por favor tu inquietud!

El día más esplendoroso, la hora más esplendorosa
    que mis ojos contemplarán
y que nunca han presenciado;

la mirada más aguda de soberbia y dominio, siento
    que ya han pasado;

pero si esa aspiración de soberbia y dominio se me
    ofreciera ahora
junto con el dolor que aún entonces en ese instante
    sentí,
no deseo revivir esa hora más aguda;
pues había en sus alas una mezcla oscura y,
cuando se agitaron, desprendieron una potente esencia
capaz de destrozar a un espíritu que bien la conocía.

EL ROMANCE

El romance, que prefiere acurrucarse y entonar, con la
    mente adormilada y las alas recogidas,
entre las frondosas ramas cuando se agitan suavemente
    en algún oscuro lago,
para mí había sido como un colorido pajarito, un pá-
    jaro muy conocido,
que me enseñó mi abecedario para expresar, para ar-
    ticular mi primera palabra
mientras yacía en el bosque salvaje, yo, un niño, con
    una mirada muy perspicaz.

Recientemente, aunque los años eternos
agiten el mismo cielo tumultuosamente cuando pasan
    con truenos,
no tengo tiempo para preocupaciones ociosas con-
    templando el cielo inquieto.
Y si una hora de tranquilidad arroja su manto sobre
    mi espíritu,

para pasar un rato con lira y verso, ¡actividades ve-
   dadas!,
mi corazón sentiría que es un delito a menos que vibre
   con las cuerdas.

EL PAÍS DE LAS HADAS

Valles sombríos, arroyos oscuros y bosques envueltos
  en niebla,
cuyas formas se ocultan tras las lágrimas que caen por
  doquier.
Grandes lunas que crecen y decrecen una y otra vez,
en cada momento de la noche, en lugares siempre
  cambiantes,
apagando la luz de las estrellas con el resplandor de sus
  pálidos semblantes.
Hacia la medianoche en el reloj de la luna, una más
  etérea que las demás
(de una clase que, probada, han encontrado ser la mejor),
desciende, sigue descendiendo, y se posa con su centro
sobre la cima de una montaña,
mientras su amplia circunferencia cae como cortinas
  sobre pueblos,
sobre habitaciones, donde sea que estén, sobre los bosques esporádicos,

sobre el mar, sobre los espíritus, en sus alas, sobre cada
    ser soñoliento,
y los sumerge completamente en un laberinto de luz.
¡Y qué intensa entonces, qué intensa es la pasión de
    su sueño!
Por la mañana se levantan y su envoltura lunar
se eleva en los cielos con la tormenta cuando se agitan
como... casi cualquier cosa, o un albatros amarillo.
Ya no utilizan esa luna para el mismo propósito que
    antes,
—es decir, como dosel— lo cual encuentro extrava-
    gante;
sin embargo, sus átomos se disuelven en aguaceros,
de los que estas criaturas terrestres,
que buscan el cielo y luego regresan
(¡criaturas que nunca están satisfechas!),
han traído una señal en sus alas temblorosas.

Para la sabiduría

¡Oh Sabiduría, legítima heredera del antiguo Tiempo
    eres,
que todo transformas con tu mirada penetrante!
¿Por qué te aferras así al corazón del poeta, tú,
águila cuyas alas son realidades sombrías?
¿Cómo podría él amarte?
¿Cómo considerarte sabia, a ti,
que no quisiste permitirle vagar
en busca de tesoros en los cielos adornados,
aunque se alzara con alas intrépidas?
¿Acaso no despojaste a Diana de su carro
y desterraste a las ninfas del bosque
para que buscaran refugio en una estrella más afortu-
    nada?
¿No desraizaste a la náyade de su arroyo y al duende
    del prado verde
y de mí la fantasía de verano bajo el tamarindo?

PARA AARAAF[9]

PARTE I

¡Oh, ninguna cosa mundana excepto el destello
(reflejado por las flores) de la mirada de la hermosura,
como en aquellos jardines donde la luz del día
surge de las piedras preciosas de Circasia...[10]
oh, nada terrenal excepto la emoción
de un arroyo cantarín a través del bosque...

9   Este poema habla del más allá, está inspirado en el A'raf tal
y como se explica en el Corán, así como en el descubrimiento
de una supernova por parte de Tycho Brahe en 1572. Es uno de
los poemas más extensos de Poe. Al momento de su publicación
recibió quejas por su temática compleja, la estructura tan extraña
y las múltiples referencias oscuras y variadas, fruto de una mezcla
de diferentes creencias y mitologías. Al aaraaf era un lugar donde
las personas que no habían sido ni malas ni buenas debían per-
manecer hasta que Dios las perdonara y les permitiera entrar en
el paraíso. Era, pues, una zona media entre cielo e infierno.
10   País y región histórica en el Cáucaso septentrional, abar-
cando toda la costa noreste del Cáucaso y el Mar Negro.

o (melodía de quien posee un corazón apasionado)
la risueña voz, con tanta calma expresada
que, como el eco en la concha marina,
su resonancia perdura y persistirá...
oh, ninguna de estas impurezas nuestras,
sino toda la hermosura, todas las flores
que nuestro amor valora y adornan nuestros pabellones,
embellecen tu mundo tan distante,
distante, estrella errante!

Fue un tiempo de deleite para Nicea[11]
pues allí descansaba su mundo despreocupado en la
    luz dorada
junto a cuatro resplandecientes soles: una pausa tem-
    poral,
un oasis en el desierto de lo celestial.
Lejos, lejos, entre los mares de destellos que rodean
el esplendor del cielo, el alma encadenada, el alma que
    apenas
(tan densas son las olas)
puede luchar por alcanzar su destino, a esferas distantes,
de vez en cuando, viajaba,
y, ya tarde, a la nuestra, la predilecta de Dios.
Pero ahora, soberana de un reino firmemente estable-
    cido,
arroja a un lado el cetro, deja el yelmo, y,
entre el incienso y los himnos espirituales elevados,

---

11   En la mitología griega, Nicea era una ninfa náyade de los manantiales o las fuentes y también era la diosa del lago Ascanio.

baña sus miembros angélicos en la cuádruple luz.

Ahora, feliz y amada en esa tierra acogedora
donde surgió la "idea de belleza"
(cayendo en espiral a través de las estrellas alarmadas
hasta la cabellera de la mujer entre perlas, y luego,
lejos, sobre las colinas aqueas se asentó, y allí reside),
hundió su mirada en el infinito y se arrodilló.
Nubes densas, como mantos, la rodeaban,
símbolos adecuados del molde de su universo,
donde solo la belleza era vista, sin impedir
otra belleza que chispeara a través de la luz,
una espiral que alrededor de cada estrella se enroscaba
y todo el aire, en tonos opalinos, envolvía.

Con prisa se arrodilló en un lecho
de flores: lirios como aquellos que erguían la cabeza
sobre el hermoso cabo Ducato y florecían
alrededor, ansiosos de acercarse
a los pasos errantes —un orgullo profundo—
de aquella que amó a un mortal y por ello murió,
la cefálica, que emergía con las jóvenes abejas,
levantaba su tallo purpúreo alrededor de sus rodillas,
y una flor adornada, llamada incorrectamente de Trebisonda,
residente de los más altos cielos, donde una vez hu-
milló
a toda otra belleza, su rocío meloso

(el néctar fabuloso conocido por los antiguos),
lustraba el dulce delirio, lo vertía desde el cielo
y caía en los jardines de los no perdonados
en Trebisonda y en una flor solar
tan similar a la suya propia allí arriba
que aún sigue, atormentando a la abeja, hasta esta hora
con la locura y un extraño ensueño:
en el cielo y sus alrededores, la hoja
y la flor de la planta fantástica, en aflicción
permanecen desconsoladas, inclinando la cabeza
arrepintiéndose de locuras pasadas,
levantando el blanco seno al aire perfumado
como una belleza culpable, sumisa pero incluso más
    hermosa.
También la Nicteide,[12] tan sacra como la luz,
que teme al fragante aroma, perfumando la noche;
y la Clitia,[13] indecisa entre múltiples soles,
mientras lágrimas diminutas recorren sus pétalos;
y aquella ambiciosa flor que surgió de la tierra
y murió casi al nacer,
rompiendo su fragante corazón en espíritu para ascen-
    der al cielo,
desde el jardín de un monarca;
y el loto vallisneria, que libró su batalla con las aguas
    del Ródano;

---

12 En la mitología griega, Nicteide era hija de Nicteo y esposa
de Polidoro.
13 En la mitología griega, Clitia era una ninfa que aparece es-
pecialmente al atardecer en fuentes, se le asocia con el girasol y
el heliotropo.

¡y tu encantador perfume purpúreo, oh Zante![14]
¡Una sola dorada! ¡Flor del Oriente!
Y el capullo de nelumbo que flota eternamente
con el Cupido indio por el sagrado río;
bellas flores, ¡magníficas!, que tienen el cometido
de llevar hasta el cielo, entre aromas, el canto de la
    diosa:

Espíritu que mora allí donde, en el vasto cielo,
lo temible y lo bello compiten en belleza.
Más allá de la línea del azul, la frontera del astro
que rodea al mundo, tu límite y prisión,
que los cometas, expulsados, han traspasado
de su altivo trono para ser siervos hasta el fin,
portadores de fuego
(el ardiente fuego de su corazón)
con velocidad incansable y dolor eterno;
tú, que vives —lo sabemos—
en la eternidad —lo sentimos—
pero cuya frente ningún espíritu revelará;
aunque aquellos seres a los que tú Nicea,
tu mensajera, ha conocido, soñaron que tu infinitud
era un modelo para sí mismos, ¡tu voluntad se ha cum-
    plido, oh Dios!
La estrella surcó los cielos, desafiando tormentas,
bajo la mirada ardiente de tu ojo; y aquí, en el pensa-
    miento, hacia ti

---

14 En la mitología griega, era una isla llamada así en honor a
su héroe, Zacinto.

—pues en el pensamiento, solo así alcanza tu dominio
y comparte tu trono—,
la imaginación alada te envía mi mensaje
hasta que lo oculto se vuelva conocido
en los confines celestiales y
apacigüe su mejilla ardiente entre los lirios,
buscando refugio del fuego de tu mirada, pues los as-
    tros tiemblan ante la deidad.
No hubo movimiento, ni aliento, solo se escuchó una
    voz
¡con qué solemnidad!
en el aire quieto, un sonido de silencio para el oído
    temeroso
al que los soñadores poetas llaman "la música de las
    esferas".
Pues nuestro mundo es uno de palabras:
llamamos "silencio" a la quietud,
la palabra más simple de todas.
Toda la naturaleza habla,
e incluso las cosas abstractas emiten susurros con sus
    alas visionarias;
pero, oh, no es así cuando
la voz eterna de Dios pasa de esta manera
y los vientos rojos cesan en el cielo.

Aunque en mundos que orbitan en ciclos esquivos,
unidos a sistemas diminutos y un solo sol,
donde todo mi amor es locura y la muchedumbre

cree que mis temores son solo nubes,
tormentas, terremotos y el océano embravecido
(¿acaso no enfrentaré pruebas más arduas?);
aunque en mundos con un solo sol
las arenas del tiempo se desdibujen al pasar,
aun así, mi luz es tuya, enviada
de manera que lleve mis secretos al más alto cielo.
¡Abandona tu casa de cristal y vuela,
con tu séquito, a través de los cielos lunares, dis-
    persa,
como luciérnagas en la noche siciliana, y lleva luz a
    otros mundos!
Comparte tu mensaje y sus secretos con los soberbios
    orbes que parpadean,
y así sé un límite y una advertencia para los corazones,
¡que los astros no duden de la culpabilidad del hombre!

La doncella se alzó en la noche dorada,
el crepúsculo de una única luna.
—En la tierra juramos fidelidad a un único amor,
    adoramos una sola luna—,
el lugar donde nació la belleza joven no era más.
Cuando surgió el astro dorado de las horas menguan-
    tes,
la doncella dejó su altar de flores y partió
a través de la montaña radiante y la llanura sombría,
pero aún no abandonó su reino inmaculado.

PARTE II

En la cima de un monte coronado de esmeralda,
—como el pastor adormecido en su lecho
de hierba alta, reposando a su antojo,
abre los pesados párpados y empieza a observar,
susurra "esperando ser perdonado",
cuando la luna está en su punto más alto en el cielo—,
de cabeza rosada, que, resaltando en la distancia
en el cielo soleado, capturó el destello
de los soles que se sumergieron la noche anterior
—a la medianoche,
mientras la luna danzaba con una luz hermosa y ex-
    traña—,
se alzó majestuoso un grupo
de magníficas columnas en el aire ligero,
lanzando desde el mármol de Paros su sonrisa reflejada
hacia las lejanas olas que destellaban allí,
protegiendo a la joven montaña en su refugio.
Pavimentado con estrellas fundidas,
como si hubieran caído a través del ébano del aire,
plateando el sudario de su propia disolución mientras
    morían...
luego adornando los hogares del cielo.
Una cúpula, descendiendo del cielo unida por la luz,
se posó suavemente sobre esas columnas como una
    corona;
una ventana hecha de un diamante redondo
se abría hacia afuera, hacia el aire púrpura,

y los rayos de Dios atravesaban esa cadena de meteoros
y santificaban nuevamente toda la belleza,
excepto cuando, entre el Empíreo y ese anillo,
algún espíritu inquieto batía sus alas tenebrosas.
Pero en los pilares, los ojos celestiales vislumbraron la
    sombra de este mundo;
ese tono verde grisáceo que la naturaleza elige como
    lecho de la belleza,
oculto en cada esquina, alrededor de cada dintel...
y los seres celestiales esculpidos allí,
que acechan desde su morada de mármol,
parecían mundanos en su nicho sombrío.
¿Esculturas de la antigua Grecia en un lugar tan prós-
    pero?
Frisos de Tadmor y Persépolis,
de Balbec y del tranquilo y claro abismo
de la hermosa Gomorra. ¡Oh, la ola
ahora te envuelve, pero ya es tarde para salvarte!

La música disfruta jugando en la noche estival:
lo evidencia el susurro del crepúsculo gris
que llegó furtivamente al oído, en Eiraco,
de muchos observadores de estrellas hace mucho
    tiempo;
que siempre se acerca sigilosamente al oído de aquel
que contempla, pensativo, la penumbra distante
y ve cómo la oscuridad se aproxima como una nube...
¿No es su forma, su voz, extremadamente palpable y
    resonante?

Pero, ¿qué es esto? Ya viene acompañado
de cierta música: es un aleteo de alas,
una pausa, luego una melodía que asciende y des-
    ciende,
y Nicea vuelve a estar en sus cámaras.
Por la fiera urgencia de su locura,
sus mejillas estaban sonrojadas y sus labios entrea-
    biertos;
y el cinturón alrededor de su delicada cintura
hizo latir su corazón con fuerza.
En el centro de la estancia, detuvo su paso Zante, ja-
    deando.
Alrededor de ella, la deslumbrante luz acariciaba su
    cabello dorado
y ansiaba descansar, solo podía brillar.

Las nuevas flores susurraban melódicamente
entre sí, y los árboles conversaban entre ellos;
las fuentes murmuraban música al caer
en los bosques y valles iluminados por estrellas y luna;
pero el silencio envolvía todo,
—flores hermosas, cascadas vivas y alas de ángeles—,
y el único sonido que brotaba del alma
ponía estribillo al encantamiento entonado por la
    joven:

«Bajo el jacinto o la flor silvestre
que protege al durmiente de la luz lunar,

oh, seres brillantes que reflexionan con los ojos entre-
cerrados
sobre los astros que su asombro
ha hecho descender de los cielos para brillar entre las
sombras
y descender hasta su frente como los ojos de la doncella
que ahora mismo les visita, levántense de su sueño
bajo las enramadas de violetas, pues estas horas
con luz de estrellas son propicias para el deber;
sacudan de sus cabellos
cargados de rocío el aliento de aquellos besos
que igualmente les abruma
(¿cómo podrían, amor, sin ti,
ser bienaventurados los ángeles?),
aquellos besos de amor sincero que les llevaron al reposo!
¡Despierten! Liberen sus alas de todo lo que les genera
peso;
incluso el rocío nocturno podría obstaculizar su vuelo,
y las caricias de amor sincero, oh, apártenlas a un lado;
son ligeras en los cabellos, pero muy pesadas en el corazón.
¡Ligeia![15] Ligeia, hermosa mía, cuya idea más severa se

15 Ligeia era una sirena, hija del dios del río Aqueloo y de la
musa Melpomene. También se puede observar que la temática
de Ligeia interesaba mucho a Poe, ya que unos años más tarde,
en 1838, publicaría un relato corto titulado *Ligeia*. En una carta
escrita a Sarah Helen Whitman, Poe le explicaba que un sueño
que había tenido poco después de conocerla le había inspirado al

convierte en melodía,
¿decidiste columpiarte entre las brisas?
¿O acaso permaneces inmóvil por capricho, como el
   albatros solitario,
sostenida en la noche como él lo está en el aire,
disfrutando la armonía de allí?

¡Ligeia!, dondequiera que esté tu imagen,
ninguna magia puede separar tu música de ti.
Cerraste muchos ojos en un sueño profundo,
pero aún resuenan los sonidos que tu vigilia guarda;
el murmullo de la lluvia saltando hacia la flor
y danzando al ritmo del aguacero;
el susurro que surge de la hierba que crece,
música de las cosas, aunque con sus propias reglas;
entonces, mi querida, dirígete con prisas
a las fuentes más claras, iluminadas por la luna;
al lago solitario que duerme en un profundo reposo,
en las numerosas islas-estrellas que decoran su seno,
allí donde las flores silvestres se entrelazan con sombras,
y las doncellas duermen a su lado;
algunas han dejado el frío claro y duermen con la
   abeja;
despiértalas, mi doncella, en el páramo y en la pradera,
¡ve!, susurra suavemente en su sueño
ese número musical que anhelaban escuchar,
pues ¿qué despertaría a un ángel tan temprano

momento de escribir Ligeia, un personaje de una gran belleza y
de una mirada muy profunda con ojos oscuros.

que encontró el sueño bajo la fría luna,
como el hechizo que ningún sueño de brujería
puede desafiar, ese ritmo que lo llevó al reposo?».

Espíritus alados y seres celestiales,
emergieron un sinfín de serafines a través del Empíreo,
sueños jóvenes aún en su vuelo dormido; serafines en
    todo,
excepto en "sabiduría", la luminosa esencia que caía,
refractada al cruzar tus límites, lejos, ¡oliendo a
    muerte!,
desde el ojo divino sobre este mundo.
Y Kielce fue aquel desacierto, más dulce aún que la
    muerte;
dulce fue aquel error, incluso entre nosotros,
el aliento del conocimiento empaña el espejo de nues-
    tra felicidad...
Para ellos fue el simún, ese viento abrasador, y des-
    truyó,
¿de qué les sirve saber que la verdad es falsa o que la
    alegría es en realidad aflicción?
Dulce fue su desaparición; en ellos morir fue madurar
con el éxtasis final de una vida colmada;
más allá de esa muerte no hay inmortalidad,
sino el sueño que reflexiona constantemente pero
    nunca llega a "ser".
Que mi espíritu fatigado y cansado habite allí, fuera
    del cielo eterno,

¡y aún más lejos del infierno!

¿Qué espíritu que sea culpable, en qué sombríos rincones,

no escuchó la penetrante llamada de ese canto?

Solo dos; y cayeron, pues el cielo no otorga su indulgencia

a aquellos que no escuchan el latido de sus corazones.

Un ángel-muchacha-virgen y su serafín-enamorado.

Pero, ¿dónde (y el vasto cielo puede testificar)

se manifestó más cercano el ciego amor al orgulloso deber?

Sin guía, el amor descendió entre "lágrimas de queja perfecta".

Lo que cayó fue un espíritu espléndido:

un errante junto al pozo cubierto de líquenes,

aquel que contempla las luces que destellan en lo alto,

un soñador a la luz lunar, al lado de su amada.

¿Les genera asombro? Pues cada estrella allí es como un ojo

y contempla con ternura la cabellera de la belleza;

y los días, y cada manantial cubierto de musgo eran sagrados

para su corazón hechizado por el amor y la melancolía.

La noche (para él, una noche de aflicción) encontró al joven Ángelo

sobre un risco del monte que proyecta sus acantilados

hacia el solemne cielo
y frunce el ceño a los mundos estrellados que yacen
  debajo.
Allí se sentó con su amor y dirigió sus oscuros ojos de
  mirada aguda hacia el firmamento;
luego los volvió hacia ella, pero incluso entonces tem-
  blaron ante el globo terrestre.

"¡Ianthe,[16] querida, mira, qué tenue es aquel rayo!
¡Qué hermoso es verlo desde tan lejos!
No surgió así aquella tarde de otoño en que dejé tus
  magníficas estancias,
sin lamentar partir. Aquella tarde, aquella tarde, lo recuerdo bien,
el rayo del sol se filtró en Lemnos con encanto
sobre los arabescos tallados de una sala dorada donde
  yo me sentaba,
y sobre la pared tapizada, y sobre mis párpados...
¡Oh, qué luz tan pesada!
Y cómo hundió lentamente mis sentidos en la oscuridad.
Antes había pasado sobre flores,
sobre niebla y amor junto al Saadí persa en su Gu-
  listán;
pero ¡oh, esa luz! Yo dormía; la muerte, mientras tanto,

---

16   En la mitología griega, Ianthe era una ninfa oceánica, su
nombre significa "la niña de las violetas". Al parecer Ianthe era
tan hermosa que cuando murió los dioses adornaron su tumba
con flores moradas.

acechaba mis sentidos en esa isla encantadora, tan silenciosa
que ni un solo cabello sedoso se despertó de su sueño
o se dio cuenta de su presencia.

Y mi último punto de partida en la tierra
fue un grandioso santuario, el Partenón, en lo alto;
su muralla de columnas emanaba una belleza
que rivalizaba con la que anida en tu resplandeciente
seno;
cuando el tiempo antiguo liberó mis alas, salté,
cual águila de su torre, dejando años atrás en un instante.
Mientras flotaba sobre sus límites etéreos,
medio mundo se desplegaba ante mis ojos como un
mapa,
ciudades desiertas incluso en los desiertos.
La belleza me abrumó entonces, Ianthe, y casi anhelé
ser humano otra vez.

"¿Y por qué, Ángelo mío, desearías ser uno de ellos?
Aquí tienes un hogar más luminoso
y campos más fértiles que los del mundo de arriba,
y los encantos del amor y de la pasión".
"Pero escucha, Ianthe, cuando la brisa suave se desvaneció,
y mi espíritu alado ascendió a las alturas,
experimenté el vértigo en mi cerebro por primera vez,

y el mundo que dejé atrás se sumió en el caos;
surgió desde su centro, ileso por los vientos,
y se expandió, una llama que atravesó el cielo con fiereza.
Creo, mi dulce amada, que dejé de ascender
y caí, no tan rápido como antes ascendí,
sino con un tembloroso descenso a través de la luz
y los rayos dorados, a este planeta dorado.
Y mi caída no duró muchas horas,
porque entre todos los astros, el tuyo estaba más cerca.
¡Oh, astro majestuoso! Y en medio de una noche jubilosa,
un Dedalión[17] rojo llegó a la tímida tierra".

Llegamos finalmente a tu reino, pero nos vimos limitados
por el mandato de nuestra señora;
llegamos, mi amor; nos movimos de un lado a otro,
como luciérnagas nocturnas, sin cuestionar
más allá del saludo angélico que ella nos brinda...
Pero el anciano Tiempo nunca extendió
sus misteriosas alas sobre un mundo más asombroso
que el tuyo.
Su disco era vago, y solo los ojos de un ángel
podían vislumbrar la esencia en los cielos altos,

---

17 En la mitología griega, Dedalión era hijo de Héspero y padre de Quíone. Cuando su hija murió, Dedalión se tiró, desesperado y dolido, desde el monte Parnaso, pero Apolo lo transformó en Gavilán para evitar su muerte.

y Al Aaraaf percibió que su destino le llevaba rápida-
mente
sobre el mar estrellado; pero cuando su esplendor se
elevó en el cielo
como el ardiente fulgor de la Belleza ante el ojo humano,
nos detuvimos ante el legado de los hombres y tu astro
titubeó,
como lo hace la Belleza en tales momentos.

Así, los amantes pasaron la noche
que disminuía y disminuía sin que el día llegara.
Y entonces cayeron, porque el cielo no otorga su indulgencia
a aquellos que no escuchan el latido de sus corazones.

Un peán[18]

I

¿Cómo resonará el triste rito fúnebre?
¿Qué melodía triste entonada?
¿Qué réquiem para la más hermosa fallecida,
que ha dejado tan temprano la vida?

II

Sus amigos la observan, en su elegante ataúd,
y derraman lágrimas en su duelo.
¡Oh, cuán triste! ¡Oh, desgracia!
¡Honrar a la belleza marchita, con un llanto tan sentido!

---

18 Un peán es un canto coral griego en honor al dios Apolo
como dios sanador. Puede dirigirse también a otros dioses como
Ares o Dioniso, y cobra mayor importancia cuando se cantaba
antes de la batalla dirigido al dios Apolo.

III

Ella fue amada por su riqueza,
y odiada por su arrogancia.
Pero su salud frágil no se mantuvo,
y ahora la aman, pues ha muerto.

IV

Ellos me comentan (mientras hablan
de su "lujoso ataúd decorado")
que mi voz se debilita,
y que no debería seguir cantando más.

V

¡Ah, si tan solo pudiera
mi voz al convenir al tono tan triste,
adecuarse a esta solemne melodía,
que no pudiera ofender a la difunta!

VI

Pero ella ha partido al más allá,
con la joven esperanza como compañera,
y yo estoy lleno y borracho de amor
por la muerta, que es mi prometida.

VII

De la difunta, que reposa
aquí, impregnada de perfume,
con la muerte en sus ojos,
y toda la vida en su cabello.

VIII

Así, en el largo y sólido ataúd,
doy unos golpes. El susurro que emana
de las cámaras grises se unirá
a mi canción como acompañamiento.

IX

Partiste en junio, en la plenitud de tus días,
pero no demasiado hermosa,
pero no temprano en demasía,
ni con una calma excesiva en el aire.

X

Por eso, esta noche para ti
no entonaré un réquiem
sino que te acompañaré en tu partida
con un antiguo peán de alabanza.

LA DURMIENTE

A medianoche, en el mes de junio, me detengo bajo la
  luna misteriosa.
Un vapor etéreo, leve, húmedo, se desprende de su
  resplandor dorado,
y, en un suave goteo, gota a gota, sobre la tranquila
  cima montañosa,
desciende melódico y perezoso al valle universal.
El arbusto de romero se inclina sobre la tumba;
el lirio se reclina sobre la onda; envuelta en su bruma,
la ruina se desmorona en su silencio; como el río
  Leteo,
¡mira!, el lago en un sueño consciente
parece reacio a despertar, ni por todo el mundo.
¡Toda la belleza reposa! ¡Y ve dónde reposa Irene, con
  sus destinos!

¡Oh, dama radiante! ¿Es apropiado que esta ventana
  esté abierta a la noche?

Los aires juguetones, desde las copas de los árboles,
alegremente se cuelan por las rendijas;
los vientos incorpóreos, como una bandada encan-
    tada,
entran y salen de tu cámara, revoloteando,
y agitan el dosel de las cortinas de manera tan fan-
    tasmal,
tan irregularmente, sobre los párpados cerrados y en-
    marcados
bajo los cuales tu alma durmiente se esconde,
que las sombras se elevan y caen por el suelo y la
    pared.
¡Oh, tú, dama tan delicada! ¿No sientes temor?
¿Qué estás soñando ahora y con quién?
Seguramente has venido de lejanos mares,
una rareza para los árboles de este jardín.
¡Tu palidez es extraña, y tu atuendo es inusual!
¡Extraño, sobre todo, el largo de tu cabello y este silen-
    cio tan sagrado!

¡La dama reposa!
¡Oh, que su descanso sea tan profundo como eterno!
¡Que el cielo la ampare con su divina protección!
Ha cambiado esta habitación por una más sacra, este
    lecho por uno más sombrío;
ruego a Dios que duerma eternamente, sin abrir los
    ojos,
mientras los pálidos espectros pasan junto a ella con
    sus sudarios.

¡Mi amor, ella reposa!
¡Oh, que su sueño sea tan hondo como la eternidad!
Que los gusanos se deslicen suavemente sobre ella.
Que en el antiguo y oscuro bosque se abra para ella
    una cripta alta;
una cripta cuyas negras y aladas puertas ha abierto
en ocasiones, triunfante, sobre los fastuosos sudarios
    de sus familiares funerales;
cierta tumba lejana y solitaria, ante cuyo umbral
en su infancia lanzaba muchas piedras sin ningún sen-
    tido;
una tumba cuya puerta resonante nunca más
devolverá el eco al pensar, ¡pobre hija del pecado!,
que los muertos eran los que gemían dentro de ella.

LA CIUDAD DEL MAR

¡Observen! La muerte ha erigido su trono
en una ciudad extraña, solitaria,
que descansa allá abajo en el oscuro ocaso,
donde el justo y el malvado, el mejor y el peor han
    encontrado su eterno reposo.
Allí, templos y palacios y torres
(¡torres devoradas por el tiempo, imperturbables!)
no se parecen a nada de lo nuestro.
Alrededor, las aguas melancólicas yacen resignadas
    bajo el cielo,
olvidadas por los vientos que se alzan.

Ningún rayo desciende de los sagrados cielos
sobre la larga noche de esa ciudad;
pero la luz que emana del resplandeciente mar trepa
    silenciosamente por las torretas,
brilla distante y libre en los pináculos, en las cúpulas
    y las agujas,

en las estancias reales, en los templos, en las murallas
    como las de Babilonia,
en glorietas sombrías, hace mucho olvidadas,
con hiedras esculpidas y flores de piedra;
en muchos, muchos maravillosos santuarios
cuyos frisos ornamentados entrelazan la violeta, la vid
    y la viola.

Y resignadas bajo el cielo yacen las aguas melancólicas.
De tal manera se entrelazan las torres y las sombras
que todas parecen suspenderse en el aire, mientras
la muerte observa desde una torre bien alta de la ciudad,
como un coloso mirando hacia abajo.

Los templos desenterrados y las tumbas abiertas
se encuentran al nivel de las olas luminosas,
pero ni las riquezas que reposan allí,
en los ojos diamantinos de los ídolos,
ni los muertos adornados con festividad
tientan a las aguas desde sus lechos,
pues no se agita ninguna ola, ¡ay!,
en ese desierto de cristal,
la calma sugiere que quizás los vientos
estén sobre algún mar remoto y más dichoso;
la serenidad sugiere que los vientos se encuentran
sobre otros mares menos cruelmente tranquilos.

Pero observen: ¡el aire se está agitando!

La onda: ¡en ella hay movimiento!
Como si las torres hubieran presionado,
con un ligero desplazamiento, la oscura marea;
y como si sus picos hubieran dejado
una sutil ausencia en el cielo nebuloso.
Las olas ahora lucen un resplandor mucho más carmesí,
—las horas exhalan suavemente y en calma—,
y cuando, entre gemidos que no son terrenales,
abajo, muy abajo, esa ciudad finalmente se construya,
el infierno, elevándose desde mil tronos, le rendirá ho-
   menaje.

El valle de la inquietud

En tiempos pasados, una hondonada tranquila sonreía
sin el bullicio de la gente;
habían partido a la guerra,
dejando a las estrellas de ojos gentiles
la confianza de velar sobre las flores por la noche,
mientras que el sol rojo se extendía perezoso sobre
    ellas durante el día.
Hoy en día, cualquier visitante reconocería la ansie-
dad en el valle sombrío.
Nada permanece quieto en él, excepto los vientos
que reflexionan sobre la soledad encantada.
¡Oh, no hay brisa que agite esos árboles que palpitan
como los mares gélidos alrededor de las brumosas Hé-
    bridas!
¡Ah, no hay viento que empuje esas nubes
que susurran inquietas a través del cielo,
desde el amanecer hasta el crepúsculo, sobre las vio-
    letas

que allí florecen en multitud para los ojos humanos;
sobre los lirios que se mecen y lloran sobre una tumba
    sin nombre!
Se mecen: de sus fragantes pétalos caen rocíos inter-
    minables.
Lloran: de sus tallos delicados brotan como gemas sus
    lágrimas perpetuas.

Israfel[19]

Y el ángel Israfel, las cuerdas de cuyo corazón son un laúd,
y que tiene la voz más dulce de todas las criaturas de Dios.
El Corán.

En lo alto del firmamento reside un espíritu,
"cuyo corazón resuena como una lira";
nadie entona melodías tan exquisitas como el ángel
    Israfel,
y las erráticas estrellas (según cuenta la historia) detie-
    nen sus cánticos,
absortas por el encanto de su voz, quedando mudas.

Titubeando en su punto más alto,
la luna, prendada de amor,
se sonroja ante tal pasión,
mientras el rayo carmesí
(junto con las veloces Pléyades, que eran siete)

---

19 El ángel Israfel es el que toca las trompetas durante el juicio
final.

se detiene en el cielo para escuchar.

Y se dice (por el coro estelar y otros seres que escuchan)
que ese fuego en Israfel se enciende gracias a la lira
sobre la cual se sienta y canta, al vibrante hilo vivaz de
    sus cuerdas inusuales.

Pero los cielos que ese ángel surca,
donde los pensamientos se sumergen en la profundidad,
donde el amor es un dios maduro,
donde la hurí resplandece, están
repletos de toda la belleza
que veneramos en un astro.

Y no estabas, entonces, errado, Israfel,
al desdeñar una canción tan impasible.
¡Los laureles te pertenecen a ti, oh, el mejor poeta,
pues eres el más sabio! ¡Vive gozosamente, y por largo
    tiempo!
Los delirios en lo alto se acomodan a tu ferviente me-
    dida,
—a tu pena, a tu alegría, a tu odio, a tu amor, al ardor
    de tu lira—
¡y las estrellas hacen lo correcto al quedarse en silencio!

El cielo es tuyo, cierto, pero este mundo
es de dulzuras y de amarguras;
nuestras flores son, sencillamente, flores,

y la sombra de tu perfecta dicha es la luz del sol de la
    nuestra.

Si pudiera residir donde Israfel ha habitado, y él donde
    yo,
quizás no entonaría tan supremamente bien una can-
    ción mortal,
y una nota más audaz que esta podría elevarse desde
    mi laúd hasta el cielo.

ENIGMA

Para el Baltimore Saturday Visiter[20]

El nombre más noble en las páginas de la Alegoría,
la mano que trazó con firmeza la pasión sin freno;
un refinado moralista cuya pluma elegante
revela un profundo entendimiento de la mente hu-
      mana;
un poeta sensible en un idioma extranjero,
(cuyo arte se manifiesta en la lengua que entonó).

Un poeta de páginas brillantes pero sin restricciones,
simultáneamente el orgullo y la crítica de nuestra era,
el príncipe de la armonía y la emoción evocadora,
el dramaturgo eminente de tiempos antiguos,
el poeta que ilustra los poderes de la imaginación,
y aquel canto que resucita horas ya vividas,

20   El *Baltimore Saturday Visiter* era una publicación periódica
semanal en Baltimore, Maryland, desde el año 1832. Publicó algunos de los primeros poemas y relatos de Poe.

una vez más evoca a un antiguo bardo trágico,
en audaz diseño superando a todos los demás.

Estos nombres, cuando son pronunciados correcta-
mente,
hacen que un nombre sea conocido,
uniendo todas sus glorias en uno solo.

EL COLISEO

¡Oh, modelo de la antigua Roma!
¡Cofre lleno de grandiosa contemplación,
donde siglos de pompa y poder yacen enterrados por
    el tiempo!
Finalmente, después de días interminables
de fatigosa búsqueda y ardiente sed
(por los manantiales legendarios que en ti brotan),
me arrodillo, transformado y humilde,
entre tus sombras, y bebo en mi propia alma
la melancolía y la gloria, sin grandeza.

¡Inmensidad! ¡Y Tiempo!
¡Y los recuerdos de la Antigüedad!
¡Desolación! ¡Silencio! ¡Noche oscura!
Los siento ahora, en toda su intensidad,
¡Aquí hay encantos más seguros que aquellos
que el rey de Judea jamás enseñó en Getsemaní!
¡Hay hechizos más poderosos que los que el caldeo

obtuvo de los serenos astros!

¡Aquí donde un héroe cayó, ahora se alza una columna!
¡Aquí donde el águila dorada brillaba,
ahora el murciélago negro revolotea en la noche!
¡Aquí donde las damas de Roma ondeaban sus cabellos dorados al viento,
ahora ondean la caña y el cardo!
¡Aquí, donde el monarca descansaba en su trono de oro,
ahora se desliza como un espectro hacia su morada de
mármol,
iluminado por la pálida luz de la luna bifronte,
el ágil y silencioso lagarto de las piedras!

Pero espera, estos muros, estas arcadas envueltas en
hiedra,
estos pedestales que se deshacen, estos tristes y oscu-
recidos pilares,
estos vagos frisos, este deterioro, esta ruina,
estas piedras, ¡oh!, estas grises piedras, ¿acaso son todo
lo que el destino y el tiempo han dejado
del famoso y colosal para nosotros?

"No todo", responde el eco; "no todo".
De nosotras, los poderosos y proféticos sonidos
se elevan eternamente, y de toda ruina,
como una melodía de Memnón al sol, llegan a los sabios.

Hibernamos los corazones de los hombres más fuertes;
gobernamos con despotismo sobre todos los espíritus
    gigantes.
No somos impotentes, nosotras, las pálidas piedras.
No todo nuestro poder se ha ido, ni toda nuestra fama,
ni toda la magia de nuestro renombre,
ni toda la maravilla que nos rodea,
ni todos los misterios que albergamos,
ni todos los recuerdos que nos envuelven
como una prenda, vistiéndonos con algo más que
    gloria.

EL PALACIO ENCANTADO

En el más exuberante de nuestros valles,
donde los seres celestiales han encontrado morada,
una vez se erguía majestuoso un palacio,
una morada resplandeciente que tocaba los cielos.
¡En el reino del monarca Pensamiento, allí se alzaba!
Ningún serafín ha extendido sus alas
sobre una estructura más magnífica y sublime.

Estandartes dorados y gloriosos
flotaban sobre su techo en otro tiempo,
cuando los tiempos eran más benignos,
y cada suave brisa que acariciaba
las altas y blancas murallas
llevaba consigo un aroma celestial.

Quienes transitaban por aquel valle de dicha
veían a través de dos ventanas iluminadas
espíritus que danzaban armoniosamente

al compás de un laúd melodioso,
alrededor de un trono en el cual, sentado, el Porfiro-
    géneta[21]
resplandecía en toda su gloria real, como soberano de
    aquel reino.

Y la puerta del palacio, adornada con perlas y rubíes,
brillaba con un resplandor eterno,
mientras un coro de ecos fluía sin cesar,
cantando con voces de pura belleza
las hazañas y la sabiduría de su rey.

Pero fuerzas malignas, vestidas de pesar,
asaltaron la majestuosa grandeza del monarca
(¡oh, lamentemos, pues nunca más amanecerá la ma-
    ñana sobre él!)
y alrededor de su morada, la gloria que una vez flo-
    reció
es ahora poco más que una vaga historia
de tiempos pasados y sepultados en el olvido.

Y ahora los viajeros que pasan por ese valle

---

21 Porfirogéneta proviene del griego y significa "nacido en la
púrpura", era un título honorífico que se le otorgaba al hijo o
hija del emperador reinante en el imperio bizantino. Sin embargo, no se le daba a todos los príncipes o princesas, solo a
aquellos que reunían ciertas condiciones particulares. El color
púrpura hace referencia a la púrpura de Tiro, que estaba restrin-
gida por la ley y dado su alto coste para elaborarla se destinaba
únicamente a la realeza.

ven a través de las ventanas, iluminadas de rojo,
figuras gigantescas que se mueven de manera fan-
    tasmal
al compás de una melodía discordante, mientras,
como un río fantasmal y frenético,
un tumulto repugnante irrumpe sin cesar...
pero ya no hay risa en ellos.

LENORA

¡Rota está la vasija dorada!
¡El alma ha partido para siempre!
¡Doblen las campanas!
¡Un espíritu sagrado flota en el Estigia!
Y tú, Guy de Vere[22], ¿no hay lágrimas en tus ojos?
¡Llora ahora o nunca más!
¡Mira! En ese oscuro ataúd yace tu amada, Lenora.
¡Ven, que reciten los ritos funerarios, que entonen
      cánticos de duelo!
Un elogio para la difunta, que murió tan joven pero
      tan majestuosamente;
una elegía para ella, doblemente muerta por sucumbir
      en su juventud.

"¡Hipócritas! La amaban por su riqueza,
la odiaban por su soberbia; y cuando su salud declinó,
¡la bendijeron... para que falleciera!".

22 Según las interpretaciones que se realizan del poema, Guy de
Vere bien podría ser el novio de Lenora.

¿Cómo, entonces, recitarán el rito,
cómo entonarán el réquiem ustedes, con su mirada,
que sembró discordia, y todas sus palabras difamato-
   rias
que condujeron a la muerte a la inocencia que pereció,
y que pereció tan joven?".

¡*Peccavimus*[23]; sin embargo, no te extravíes así!
¡Y que un himno del *sabbat*[24] se eleve hasta los cielos
tan majestuoso que la difunta no lo desapruebe!
La dulce Lenora se marchó antes, con la esperanza,
que se desvaneció a su lado, dejándote desesperado
por la amada joven que estaba destinada a ser tu compañera;
por ella, la noble y hermosa, que ahora descansa hu-
   mildemente,
con vida en su dorada cabellera, pero no en sus ojos;
con vida aún en su cabello, con la muerte en sus ojos.

"¡Fuera! ¡fuera! El espectro indignado cambia de ene-
   migo a amigo;
del infierno a un reino en el cielo;
del lamento y el llanto a un trono dorado junto al Rey
   del Cielo!
¡Que ninguna campana resuene, entonces, no sea que
   su espíritu,
en su éxtasis divino, se quede atrapado en la nota

23 Verbo del latín, significa "he pecado".
24 Es el séptimo día de la semana en el calendario hebreo.

mientras asciende desde la tierra maldita!
Y yo... mi corazón permanece liviano esta noche;
no entonaré ningún canto fúnebre,
sino que acompañaré al ángel en su ascenso al paraíso
con un peán de tiempos pasados.

EL PAÍS DE LOS SUEÑOS

Por una senda sombría y desolada,
habitada solo por espíritus sombríos,
donde una divinidad llamada Oscuridad
se sienta en un trono negro y elevado,
hace poco que llegué a este lugar
desde un remoto y misterioso rincón,
de un clima extraño y etéreo que yace,
sublime, más allá del espacio y del tiempo.

Valles profundos y ríos sin orillas, y abismos,
y cuevas, y vastos bosques,
con formas ocultas a la vista
por las lágrimas que caen sin cesar;
montañas que se desmoronan perpetuamente
y caen en mares sin límites; mares que suben sin fin,
agitándose hacia cielos más ardientes;
lagos que extienden sus solitarias aguas hasta el infinito,

solitarias y quietas, sus aguas inmóviles,
inmóviles y heladas como la nieve sobre un lirio sin
vida.

A orillas de los lagos que extienden sus aguas solitarias,
calladas y serenas, sus quietas aguas,
tristes y frías como las nieves sobre el lirio silente;
cerca de las montañas, junto al río que susurra suavemente,
que siempre murmura; entre los bosques grises,
cerca de la ciénaga donde reposan el sapo y el tritón;
cerca de los sombríos estanques y lagunas donde moran los *ghules*[25],
en cada lugar más oscuro, en cada rincón más melancólico,
allí el viajero encuentra recuerdos del pasado,
envueltos en un sudario, formas sepulcrales
que se agitan y suspiran al pasar junto al caminante,
formas vestidas de blanco de amigos perdidos hace
mucho,
en agonía, en la tierra... y en el cielo.

Para el corazón que carga con muchas penas,

25   Un gul, adaptación del inglés —*ghoul*— y del árabe —
ghul—; según el folclore árabe, era un demonio que se alimenta
de cadáveres y solía habitar en lugares desocupados e inhóspitos,
como cementerios. Profanan las tumbas para alimentarse y se-
cuestran niños para devorarlos. La palabra gul también puede
utilizarse para referirse a una persona que se regodea en lo ma-
cabro.

es un bálsamo, un lugar de calma,
para el alma que vaga en la oscuridad,
esto es, ¡oh, esto es en realidad El Dorado!
Pero el explorador que recorre sus senderos
no es capaz de percibirle, tal vez evita mirarla direc-
    tamente;
sus secretos nunca se revelan a la vista frágil de los
    humanos;
tal es la voluntad de su señor, quien ha decretado
que ningún ojo se atreva a mirar;
así, el alma melancólica que transita por allí
solo la vislumbra a través de vidrios oscuros.

Por un camino sombrío y solitario,
poblado únicamente por seres siniestros,
donde un ídolo llamado Oscuridad
se alza en un trono negro,
hace poco que he deambulado de regreso a casa
desde la distante y oscura Thule[26] final.

---

26 Thule, en griego, también conocida como Tule o Tile, era
una expresión utilizada en fuentes clásicas para hacer referencia
a una isla o lugar ubicado en el norte lejano; era la capital de
Hiperbórea, el reino de los Dioses. En la geografía romana y me-
dieval, la expresión "última Thule" también puede designar un
lugar distante que esté ubicado más allá de las fronteras y límites
del mundo conocido.

ULALUME[27]

BALADA

El cielo se mostraba gris y deslucido;
las hojas crujían y estaban secas,
las hojas estaban marchitas y quebradizas;
era de noche, en el solitario octubre
de mi año más remoto;
estaba muy cerca del oscuro lago de Auber[28],
en la brumosa región de Weir[29];

27   Poe dedicó este poema a su esposa, Virginia Clemm. En
un inicio Poe escribió este poema como una obra de elocución,
por lo que hay un mayor enfoque en el sonido. El título en sí
pareciera provenir del latín *ululare*, sugiriendo el aullar de perros
y lobos, o el grito y sonido agudo de algunos animales.
28   Esta expresión, "oscuro lago de Auber", bien podría ser
una referencia al compositor, contemporáneo de Poe, Daniel
François Esprit Auber.
29   Weir, localidad ubicada en el condado de Lancashire, en
Inglaterra. También puede hacer referencia a su contemporáneo
Robert Walter Weir, un pintor de la Escuela del río Hudson,

allá abajo, junto al húmedo pantano de Auber,
en el bosque de Weir, frecuentado por los *ghoules*.

En este lugar, en tiempos pasados,
por una monumental avenida de cipreses,
caminaba yo con mi espíritu; de cipreses, con Psique,
    mi espíritu.
Eran tiempos en que mi corazón era volcánico,
como los ríos de escoria que se deslizan,
como las lavas que continuamente fluyen
sus corrientes sulfurosas por Yaanek[30],
en los confines del polo;
que gimen al deslizarse por el monte Yaanek,
en las tierras del polo boreal.

Nuestra charla había sido seria y formal,
pero nuestras mentes estaban estancadas y áridas,
nuestros recuerdos eran engañosos y áridos,
pues no nos dimos cuenta de que el mes era octubre
y no percibimos la noche del año
(¡oh, la noche de todas las noches del año!),
no nos fijamos en el oscuro lago de Auber
(aunque una vez habíamos viajado hasta allí),
no recordamos la fría laguna de Auber ni el bosque
    de Weir,

---

famoso por su paisajismo.
30   El monte Yaanek ha sido identificado como el Monte Erebus, un volcán en la Antártida visto por primera vez en 1841. Su cráter es uno de los pocos lagos de lava permanente del mundo.

donde los *ghoules* moran.

Y ahora, cuando la noche se desvanecía
y las estrellas anunciaban el amanecer,
cuando las estrellas insinuaban el alba,
al final de nuestro trayecto un resplandor difuso
y nebuloso apareció,
del cual surgió una creciente milagrosa
con un doble cuerno reluciente,
el creciente brillante de Astarté,
perfecto con su doble cuerno.

Y dije: "Es más cálida que Diana[31],
se desliza por un éter de suspiros,
se deleita en una región de anhelos;
ha visto que las lágrimas no se han secado
en estas mejillas donde el gusano nunca muere,
y ha dejado atrás las estrellas del León
para guiarnos hacia los cielos,
a la tranquilidad y paz *letea*[32] de los cielos;
ha ascendido, a pesar del León,
para iluminar sobre nosotros con sus ojos brillantes;
ha ascendido, a través de la guarida del León,

31 Diana, en la mitología romana, era la diosa de la caza, de
los partos, la fertilidad y la luna; también de las bestias salvajes.
32 Este adjetivo puede hacer referencia a uno de los ríos subte-
rráneos del Hades, donde algunos antiguos griegos creían que a
las almas a punto de reencarnar se las obligaba a beber de este río
para que no olvidaran sus vidas pasadas y no guardasen ningún
recuerdo.

con amor en sus ojos resplandecientes".

Pero Psique, levantando el dedo,
dijo: "Con tristeza, de esta estrella desconfío,
de su palidez extrañamente sospecho;
¡Oh, apresúrate! ¡Oh, no nos atrasemos!
¡Oh, escapa! ¡Escapemos! Debemos hacerlo".
Dijo esto con absoluto terror; sus alas caían
hasta rozar el suelo polvoriento,
en agonía sollozó, dejando caer también
sus plumas hasta que se arrastraron en el polvo,
hasta que penosamente se arrastraron en el polvo.

Yo le respondí: "Esto es únicamente un sueño;
¡avancemos hacia adelante, hacia esa luz trémula!
¡vamos a bañarnos en su resplandor cristalino!
Su esplendor sibilino irradia esperanza y belleza esta
    noche;
¡mira cómo titila en el cielo a través de la noche!
¡Oh, podemos confiar sin ningún riesgo en su res-
    plandor,
estar seguros de que nos guiará bien,
sin duda podemos confiar en una luz
que solo puede guiarnos con certeza,
pues titila en el cielo a través de la noche!"
Así calmé a Psique y la besé, persuadiéndola
a salir de su abatimiento,
superando sus dudas y su melancolía;

y llegamos al final del sendero,
pero nos cortó el paso la puerta de una tumba,
la entrada de una cripta con inscripción; y dije:
"¿Qué está escrito, dulce hermana,
en la puerta de esta cripta con inscripción?".
Ella respondió: "Ulalume. ¡Ulalume!
¡Este es el sepulcro de tu amada Ulalume!".

Entonces mi corazón se volvió gris y apagado
como las hojas frágiles y secas,
como las hojas marchitas y resecas,
y exclamé: "¡Fue sin duda en octubre,
esta misma noche del año pasado, cuando vine aquí,
cuando traje una pesada carga hasta aquí!;
esta noche, precisamente esta noche del año,
¡ah! ¿qué demonio me ha tentado a regresar?
Ahora reconozco bien este húmedo pantano de Auber,
esta brumosa región de Weir,
ahora reconozco bien esta fría laguna de Auber,
este bosque de Weir que frecuentan los *ghoules*".

Nos dijimos entonces ambos; "¡Ah! ¿es posible
que los *ghoules* del bosque,
los piadosos, los compasivos *ghoules*,
al cortar nuestro camino y al impedirnos
el acceso al secreto de estas mesetas onduladas,
lo que se esconde en estas mesetas onduladas,
hayan sacado el espectro de un planeta

del limbo de las almas lunares,
este planeta, pecaminosamente brillante,
del infierno de las almas planetarias?".

PARA HELENA

Te vislumbré una única vez, hace ya unos buenos años,
no me atrevo a precisar cuántos, pero no demasiados.
Fue en una noche de julio, bajo la luna
llena, que, como tu alma misma, ascendiendo
buscaba un sendero rápido a través del firmamento,
un velo de luz sedosa y plateada cayó,
sereno, embriagador, adormecedor,
sobre los rostros altivos de mil flores
que florecían en un jardín encantado,
donde ningún viento se atrevía a susurrar sino en su-
     surros;
cayó sobre los altivos rostros de estas flores,
que, a cambio de la luz de amor, exhalaban
sus aromas en una muerte extática;
cayó sobre los altivos rostros de estas flores,
que sonrieron y murieron en su lecho, encantadas
por tu presencia y la poesía que la envolvía.

Vestida toda de blanco, sobre un prado violeta
te vi recostada a medias, mientras la luna descendía
sobre los rostros alzados de las flores
y sobre el tuyo, erguido, ¡ay!, con melancolía.

¿Acaso fue el destino, en aquella medianoche estival,
fue el destino (también conocido como aflicción)
quien me instigó a detenerme ante la entrada de aquel
  jardín
para inhalar el aroma de esas durmientes flores?
No se escuchaba un solo paso; el despreciado mundo
  dormía por completo,
excepto nosotros dos solamente (¡oh, cielo; oh, divino
  poder,
cómo late mi corazón al vincular estas dos palabras!)
excepto nosotros dos solamente.
Me detuve... observé... y en un instante todo se es-
  fumó.
(¡Ah, ten presente que ese jardín estaba encantado!)
La perlada luz de la luna se desvaneció;
los bordes musgosos y los caminos serpenteantes,
las flores sonrientes y los árboles afligidos
ya no eran visibles; los mismos aromas de las flores
perecieron en los brazos de los vientos devotos.
Todo, todo desapareció salvo tú, salvo menos que tú;
salvo solo la divina luz de tus ojos,
salvo únicamente la luz de tus elevados ojos.
No vi más que a ellos... eran mi universo.

No vi más que a ellos durante horas;
no vi más que a ellos hasta que la luna se ocultó.
Qué fascinantes relatos del alma
parecían estar grabados en esas claras esferas celes-
    tiales.
Qué profunda melancolía, pero al mismo tiempo,
¡qué sublime esperanza!
Qué mar de orgullo, sereno en su silencio.
Qué ambición audaz, pero al mismo tiempo
qué capacidad para el amor, profunda e insondable.

Pero ahora, finalmente, la amada Diana se desvaneció
en un lecho de nubes hacia el oeste; y tú, como un
    espectro,
te deslizaste entre los árboles como tumbas, aleján-
    dote.
Solo tus ojos permanecieron.
No querían partir; aún persisten.
Aquella noche, iluminando mi solitario camino,
no me han abandonado (como mis esperanzas) desde
    entonces.
Me siguen; me guían a través de los años.

Son mis guías, yo su devoto.
Su tarea es iluminar y avivar; mi deber es ser salvado
por su brillante luz y purificado en su fuego eléctrico,
y santificado en su fuego celestial.
Colman mi ser de belleza (que es esperanza)

y están allí arriba, en el cielo, estrellas ante las cuales
    me inclino
en las vigilias tristes y silenciosas de mi noche;
mientras incluso en el resplandor meridiano del día,
los sigo viendo:
¡dos Venus que destellan dulcemente,
sin ser eclipsadas por el sol!

UN SUEÑO DENTRO DE OTRO SUEÑO

¡Recibe este beso en tu frente!
Y al alejarme de ti ahora, permite que confiese que tú
tú no te equivocas, al considerar que mis días han sido
    como un sueño;
pero si la esperanza se ha escapado en una noche,
en un día, en un espejismo, sin ella,
¿es por eso menos real su partida?
Todo lo que percibimos o creemos percibir
es solo un sueño dentro de otro sueño.

Me encuentro en medio del estruendo de una costa
azotada por las olas, y sostengo en mi mano granos de
    arena dorada...
¡son tan pocos! Pero cómo se deslizan hacia el abismo
entre mis dedos mientras lloro... mientras lloro.
¡Oh, Dios! ¿No puedo conservarlos con más firmeza?,
¿no puedo salvar ni uno de la implacable ola?
¿Todo lo que percibimos o creemos percibir
es solo un sueño dentro de otro sueño?

PARA ANNIE

¡Alabado sea el cielo! La tormenta, el riesgo ya se han
    disipado,
y la prolongada aflicción ha llegado a su fin;
y la agitación llamada "vivir" finalmente ha sido su-
    perada.

Aunque sé que he quedado sin fuerzas,
y yazgo inmóvil como un mástil,
¡pero qué importa! Siento que al final estoy mejor.

Y descanso con tal serenidad ahora, en mi lecho,
que cualquiera que me vea
podría pensar que estoy inerte,
podría sobresaltarse al contemplarme, creyendo que
    he partido.

Los lamentos y suspiros, los gemidos y quejidos
ahora yacen en silencio, como el desgarrador latir del
    corazón;

¡oh, ese terrible, terrible latir!

Los mareos y las náuseas, el implacable dolor han des-
aparecido
con la fiebre que trastornaba mi mente,
con la fiebre llamada "vivir", que abrasaba mi cerebro.

¡Oh, de todas las angustias que asolan, la más cruel
ha concluido, la terrible agonía de la sed
del río ardiente de la condenada pasión!;
he saciado mi sed con un agua que calma todo anhelo.

De un manantial que fluye suavemente, con el susurro
de una canción de cuna,
proveniente de una fuente que brota a poca profundidad bajo tierra,
de una gruta no muy lejana, en lo profundo, bajo
tierra.

Y ¡oh!, que nunca se diga neciamente que mi morada
es oscura, ni que mi lecho es estrecho,
pues nunca el hombre durmió en una cama distinta,
y para descansar debes soñar en un lecho como este.

Mi espíritu afligido descansa aquí apaciblemente,
olvidando, o al menos nunca añorando sus espinas,
sus antiguas preocupaciones por los lirios y las espinas.

Porque ahora, mientras reposa sereno,
percibe un aroma más divino en su entorno,
un aroma a reflexiones, un frescor de romero entre-
   mezclado con reflexiones,
con hierba de ruda y con los bellos pensamientos pu-
   ritanos.

Y así yace feliz, sumergido
en múltiples ensueños sobre la verdad y la belleza de
   Annie;
inmerso en un mar de los cabellos de Annie.

Ella me besó con dulzura, me acarició con ternura,
y entonces me dejé llevar suavemente al sueño en su
   regazo,
sumergiéndome profundamente en el cielo de su regazo.

Cuando la luz se desvaneció, me envolvió con ternura,
y oró a los seres celestiales para protegerme del mal,
a la soberana de los ángeles para resguardarme del mal.

Y ahora reposo en mi lecho con una paz tan profunda
(porque conozco su amor)
que podrían creer que estoy en calma;
y descanso en mi lecho con tal serenidad
(con su amor ardiendo aquí en mi pecho)
que podrían pensar que estoy en silencio,

que se estremecen al verme, pensando que he partido.

Pero hay más brillo en mi alma
que en todas las estrellas del vasto firmamento,
pues resplandece junto a Annie,
irradia con el resplandor del amor de mi Annie,
con el fulgor de los ojos de mi amada Annie.

ANNABEL LEE[33]

Sucedió hace muchos, muchos años,
en un reino a la orilla del mar,
donde residía una doncella conocida tal vez
como Annabel Lee;
y esta joven vivía sin otro anhelo
que amarme y ser amada por mí.

Era una niña y yo, un joven,
en aquel reino costero,
pero nos amábamos con un fervor
que incluso superaba al amor mismo,
yo y mi Annabel Lee;
con un afecto que los celestiales serafines
nos envidiaban a ella y a mí.

33 *Annabel Lee* fue el último poema completo creado por Poe,
puede estar inspirado en su esposa —como tantos otros poemas
de temática similar—, Virginia Clemm. La joven tenía 13 años
cuando se casó con Poe, que tenía 27, y murió trágicamente de
tuberculosis a los 24 años de edad. Este poema se publicó de
forma póstuma.

Y fue por ello que, hace mucho,
en aquel reino junto al mar,
sopló un viento gélido de una nube,
arrebatando a mi hermosa Annabel Lee;
entonces llegaron sus parientes de noble cuna
y la apartaron de mí,
encerrándola en una tumba
en aquel reino costero.

Los ángeles, ni la mitad de dichosos en el cielo,
nos envidiaban a ella y a mí;
¡sí!, ese fue el motivo (como todos saben,
en aquel reino junto al mar) de que llegara el viento
    de la nube,
una noche, helando y llevándose a mi Annabel Lee.

Pero nuestro amor era más fuerte que el de
aquellos más viejos que nosotros,
más sabios que nosotros,
y ni los ángeles del cielo allá arriba
ni los demonios debajo del mar,
podrán jamás separar mi alma de la de
la hermosa Annabel Lee;

Pues la luna nunca asoma sin traerme sueños
de la hermosa Annabel Lee;
y las estrellas nunca brillan sin que vea

los resplandecientes ojos de la hermosa Annabel Lee;
y así, durante toda la noche, reposo
junto a mi amada, mi vida y mi esposa,
en aquella tumba junto al sonoro mar.

LAS CAMPANAS[34]

I

¡Escucha los trineos resonando con campanas,
campanas de plata!
¡Qué universo de dicha anuncian con su armoniosa
    canción!
¡Cómo tintinean, tintinean, tintinean
en el gélido aire nocturno,
mientras las estrellas que adornan el firmamento
parecen parpadear
con puro deleite cristalino,
marcando el ritmo, el ritmo, el ritmo,
en una cadencia encantadora,
del tintineo que tan melódicamente emana
de los trineos, trineos, trineos, trineos,

---

34 Este poema es tremendamente onomatopéyico, no se publicó hasta después de su muerte. Es conocido por el uso dia-
cópico (término retórico para referirse a la repetición de una
palabra o frase) de la palabra "campanas".

trineos, trineos, trineos,
del tintineo y el resonar de las campanas!

II

Escucha las melodiosas campanas nupciales,
esas campanas de bronce!
¡Qué felicidad anticipa su melodía!
Por el aire perfumado de la noche,
¡cómo resuenan, mostrando su júbilo!
Con sus tonos dorados, todos en armonía,
¡qué melodiosa serenata entonan,
acompañada por la tórtola que escucha bajo la luna!
¡Oh, qué exuberante flujo de armonía
brota de sus resonantes cavidades!
¡Cómo se expande!, ¡cómo subraya
el porvenir!, ¡cómo sugiere
el encanto que inspira
el tintineo y el redoble
de las campanas, campanas, campanas,
de las campanas, campanas, campanas, campanas,
campanas, campanas, campanas,
con el compás y el repicar de campanas!

III

¡Escuchen las estridentes campanas de alarma, campanas de hierro!

¡Oh, qué historia de terror cuentan con su alboroto!
En el oído sobresaltado de la noche, cómo expresan
    su terror.
Demasiado horrorizadas para articular palabras,
solo pueden gritar, gritar, fuera de tono,
llamando desesperadamente a la clemencia del fuego,
en frenética lucha con el fuego ensordecedor y frené-
    tico,
saltando más alto, más alto, más alto,
con anhelo desesperado
y firme determinación
de situarse ahora, ahora o nunca,
junto a la luna de palidez lunar.
¡Oh, las campanas, campanas, campanas!
¡Qué historia narra su terror de angustia!
¡Cómo retumban, chocan y estallan!
¡Qué horror derraman en el seno del aire vibrante!
¡Pero el oído discernirá claramente por el temblor y el
    estruendo
cómo aumenta y disminuye la amenaza;
pero el oído percibirá distintamente por el chirrido y
    el resistir
cómo aumenta y disminuye la amenaza,
según crece o decrece la furia de las campanas,
de las campanas,
de las campanas, campanas, campanas, campanas,
de las campanas, campanas, campanas,
el clamor y el estrépito de las campanas!

IV

¡Escucha el resonar de las campanas, campanas de
  acero!
¡Qué aura de reflexión solemne proyecta toda su elegía!
En la quietud de la noche,
cómo nos estremecemos con inquietud
ante la sombría advertencia de su tono.
Pues cada vibración que emana
de la oxidación de sus gargantas es un lamento.
¡Y aquellos, oh, aquellos que moran en el campanario,
aislados, y que tocando, tocando, tocando,
con ese tono amortiguado y uniforme,
sienten la satisfacción de aplastar así un peso sobre el
  alma humana...
no son hombres ni mujeres, no son ni bestias ni humanos...
son *ghoules*; y su líder es quien tañe
y hace resonar, resonar, resonar,
resonar
un himno de las campanas!
¡Y su corazón se llena de júbilo con la música de las
  campanas!
¡Y danza, y canta al ritmo,
el ritmo, el ritmo en una cadencia ancestral,
con la música de las campanas, de las campanas;
siguiendo el ritmo, el ritmo, el ritmo

en una cadencia ancestral
con el pulsar de las campanas,
de las campanas, campanas, campanas,
con el llanto de las campanas,
siguiendo el ritmo, el ritmo, el ritmo,
mientras resuena, resuena, resuena
en una alegre melodía ancestral,
con el repicar de las campanas,
de las campanas, campanas, campanas,
con el doblar de las campanas,
de las campanas, campanas, campanas, campanas,
campanas, campanas, campanas,
con el lamento y la queja de las campanas.

La estrella crepuscular

Era pleno verano y la medianoche reinaba;
los astros, en sus órbitas, titilaban débilmente bajo la
    luz de la luna gélida,
más resplandeciente entre los planetas, sus vasallos,
y ella misma en los cielos, con su brillo reflejándose
    en las olas.
Observé un momento su sonrisa fría,
demasiado fría para mi gusto;
pasó como un velo,
una nube esponjosa,
y me di la vuelta hacia ti,
estrella crepuscular orgullosa;
tu brillo distante es más querido,
pues alegra mi corazón
esa porción arrogante
que ocupas en el firmamento nocturno,
y admiro aún más
tu fuego distante
que esa luz más fría y modesta.

SOLO

Desde mi temprana infancia, siempre me he distin-
  guido de los demás;
jamás he observado como los otros;
nunca mis emociones brotaron del mismo manantial
  común.
No he extraído de la misma fuente mis pesares;
mi corazón no podía encontrar la misma felicidad en
  sintonía,
y todo lo que amé, lo hice en solitario.
Entonces, en mi niñez, en el amanecer de una vida más
  turbulenta,
extraje de cada profundidad del bien y del mal el
  enigma que aún me sujeta:
del torrente, o de la vertiente, de la roca roja en la
  montaña,
del sol que giraba en el cielo con su tono dorado de
  otoño;
del relámpago en el cielo cuando pasaba rozándome,

del trueno y de la tormenta y también de la nube que
    tomaba forma
(mientras el resto del cielo permanecía azul)
de un demonio justo frente a mis ojos.

ELIZABETH

Elizabeth, es claramente más adecuado
(según la lógica y la costumbre común)
que en tu volumen aparezca en primer lugar tu nombre,
aunque Zenón[35] y otros sabios podrían discrepar;
y tengo otras razones para hacerlo así,
además de mi arraigado gusto por la contradicción;
pues todo poeta que merezca ese nombre,

cuando persigue a las musas entre realidades o fic-
        ciones,
ha estudiado poco su rol,
ha leído poco y ha escrito menos; en suma,
es un insensato, carente de alma, de sentido y de arte,
ignorante de una regla fundamental,
incluso enseñada en las aulas del colegio,
llamada... (olvidé el nombre pagano griego;

35   Zenón de Elea fue un filósofo griego perteneciente a la escuela eleática. Fue famoso por sus intrincadas paradojas que de-
baten la pluralidad en entes y el movimiento.

sea cual sea, su significado es el mismo):

"Pon primero por escrito las cosas más sublimes del corazón".

ÍNDICE

Estudio Preliminar 7

EL CUERVO Y OTROS POEMAS

El cuervo 11
¡Oh, tiempos! ¡Oh, costumbres! 19
Tamerlán 25
El lago 35
Los espíritus de los muertos 37
Sueños 39
Estancias 41
El día más feliz, la hora más feliz 44
El romance 46
El país de las hadas 48
Para la sabiduría 50
Para Aaraaf 51
Un peán 69
La durmiente 72
La ciudad del mar 75
El valle de la inquietud 78
Israfel 80
Enigma 83
El Coliseo 85
El palacio encantado 88

Lenora.. 91

El país de los sueños 94

Ulalume 97

Para Helena...................................... 103

Un sueño dentro de otro sueño 107

Para Annie.. 108

Annabel Lee 112

Las campanas 115

La estrella crepuscular...................... 120

Solo.. 121

Elizabeth 123